ハーレクイン文庫

悲しみの館

ヘレン・ブルックス

駒月雅子 訳

HARLEQUIN
BUNKO

HUSBAND BY CONTRACT

by Helen Brooks

Published by Harlequin Japan, a Division of K.K. HarperCollins Japan, 2023

悲しみの館

◆主要登場人物

グレイス…………外科病院の受付係。
クレア……………グレイスの親友で同僚。
ドナート・ヴィトーリア……会社経営者。
リリアーナ………ドナートの母親。
ロレンツォ………ドナートの弟。
ビアンカ…………ドナートの血のつながらない妹。
ロマーナ…………ビアンカの夫。

1

「あの、ご気分でもお悪いんですか？」

「えっ？」グレイスはふいに暗い氷の世界から引き戻され、自分を心配げにのぞき込んでいる客室乗務員に、深いブルーの瞳を向けた。それまで不安と恐怖にしばられていた彼女の耳に、今初めて周囲の乗客らの話し声が聞こえてきた。「あ、いえ、大丈夫です」そう答えたものの、客室乗務員の納得しかねる顔に、すかさずつけ加えた。「実は、今朝からちょっと頭痛がして……」

「まあ、そうだったんですか」客室乗務員はかがめていた腰を伸ばし、悟りきった笑顔で言った。「アスピリンをお持ちしましょうか？」

「ええ、そうね。そうしていただけるかしら」グレイスは力なくほほえんだ。

頭痛なんて、内心の不安と混乱に比べればちっぽけなものだわ、とグレイスは思った。電報を受け取って以来、彼女は食べることも眠ることもできずにいる。あの形式ばった文面を思い返すたび、胸が張り裂けそうになる。

〝ドナート・ヴィトーリア氏のご母堂の葬儀にあなたのご出席をたまわりたく、氏に代わり慎んでお知らせいたします。日時は四月二十三日正午、場所はマドンナ・ディ・メッツロレート教会です〟

たったそれだけだった。詳しい説明もなければ、遺族との連絡手段についての示唆もない。ヴィトーリア家の顧問弁護士シニョール・フェリーニからの、一方的で素っ気ない通知だった。

そして、それは事実上ヴィトーリア家の長による命令だった。ドナートの言葉は法であり力なのだ。これからの数日間を、どうか無事に乗りきれますように……。グレイスは神に祈る思いだった。

「さあ、どうぞ」客室乗務員の明るい声に、再び暗闇《くらやみ》から現実へと引き戻された。客室乗務員は水の入ったコップとアスピリンを差し出し、なだめるように言った。「ご安心くださいね、お客様。間もなく着陸ですから」

「ありがとう」グレイスは素直にアスピリンをのむと、椅子にもたれて目を閉じた。客室乗務員に飛行機酔いだと思われたらしい。怯《おび》えているのは事実だけど、飛行機のせいなんかじゃないわ。

しっかりしなさい。グレイスは自分を叱咤《しった》した。もう二十三歳のれっきとした大人でしょう。神経質で臆病《おくびょう》なティーンエイジャーとは違うのよ。とはいえ、落ち着いた服装を心がけても実際の年齢より五歳は若く見られてしまう。百六十センチそこそこの小柄な身長と、赤みのある金髪の巻き毛、そしてつぶらな瞳のあどけない顔立ちのせいで。だけど内面は大人だわ、充分に。グレイスはひざの上で両手をぎゅっと握りしめた。ドナートたちヴィトーリア家の面々に対しても、ちゃんとそつなく振る舞えるはずよ。ええ、大丈夫。

そう考えたらなんとなく気持が落ち着いた。やがて飛行機はナポリ空港に到着し、グレイスは税関を通り抜けるとスーツケースをころがしながら、タクシー乗り場へと向かった。にぎやかな雑踏の中で、彼女の顔は青ざめ、きゃしゃな体は緊張でこわばっていた。「グレイス」ふいにイタリア語訛《なまり》の低い声に呼び止められ、その場で凍りついた。グレイスは大きく息を吸い込んで、ゆっくりと振り返った。

「ドナート！」目の前に、日に焼けた長身の男性が立ちはだかっていた。彼は官能的な唇をきゅっと結んだまま、にこりともせずに目を細めた。吸い込まれるような黒檀《こくたん》色の瞳だった。一年前と全然変わっていない！グレイスはたちまち強烈なショックに襲われ、冷静さを失った。

「お母様のこと、ご愁傷様でした」震える声で、やっとの思いで言った。「あんなすばらしい方を、本当に残念だわ」

「まったくだ」ルーズフィットのパンツに、ダークブルーのコットンシャツといういでたちの彼は、身じろぎもせずに立っている。一分の隙《すき》もない堂々とした姿には、どんな女性もどぎまぎせずにはいられないだろう。

ただし、わたしは例外よ。グレイスはそっと息を吸い込み、慎重に何気ない口調をよそおった。「電報ということは、突然のことだったのね」

「脳出血だよ」彼も落ち着き払って答え、左手を自分の額にあてた。その手首にはゴールドの時計が、薬指にはゴールドの指輪が光っている。「全然苦しまずに逝《い》った」それから、後ろにいた人間に手で合図した。「アントーニオ、彼女の荷物を」

「あ、いえ、けっこうよ。カーサ・ポンティーナには泊まらないから」グレイスがつっぱねると、ドナートの顔色がさっと変わった。「あの……ホテルを予約してあるの。だからおかまいなく」グレイスは腑《ふ》に落ちなかった。ドナートはわたしの到着時刻をどうやって知ったのだろう。だいいち、なんのためにここへ？　魂胆はいったい何？

ドナートと突然顔を合わせたショックがおさまりだすと、今度は矢継ぎ早の質問がグレイスの頭の中を飛び交った。

「カーサ・ポンティーナ以外のどこに泊まるつもりだ？」ドナートのヴィトーリア家特有の横柄な口ぶりに、グレイスは思わず唇を噛《か》んだ。

「ラ・ペルゴーラを三泊予約してあるわ」

「ほう、なるほど」彼はうっすらと笑ったが、目は冷然としている。「だが状況を考えると、きみはカーサ・ポンティーナに泊まるべきだ」

もう話は決まったとばかりに彼はうなずき、それを合図に制服姿の運転手が前に進み出た。グレイスはスーツケースを守るように、とっさにあとずさりした。「あなたの言いなりにはならないわ。たとえ世界中の人間があなたに従おうと、わたしはあくまで自分の思いどおりにやるわ」

「世界中の人間?」鋼のような声が威圧的に響く。「グレイス、そういえばきみは誇張表現が大好きだったね。すっかり忘れてたよ」

「無理もないでしょうね」グレイスはあごをつんと上げた。「わたしの名前を覚えていたことだけでも、奇跡だわ」

「忘れるわけがないだろう、ぼくのおちびさん《ミア・ピッコーラ》」グレイスの顔色がさっと変わる。「きみのことは何もかも覚えているよ。さあ、アントーニオに荷物を運ばせるんだ」おっとりとした口調だが、視線は鋭かった。「きみは結局はカーサ・ポンティーナに泊まることになる」

「どうしてよ!」

「母がそう望むはずだからだ」

グレイスはぎくりとした。怒りが引いて、体が震えだした。彼の言うとおりだわ。リリアーナがいたら、わたしにヴィトーリア家の屋敷に泊まるよう望んだだろう。そして女家長のリリアーナの言葉は絶対だ。わたしはそれに従うはずだ。

それに考えようによっては、カーサ・ポンティーナに滞在することがリリアーナへのせめてもの恩返しかもしれない。グレイスは急にせつなくなった。長身で誇り高いイタリア人貴族のリリアーナは、家族内で毅然《きぜん》と采配《さいはい》をふるいながらも、わたしには初めて会った時から優しくしてくれた。そのリリアーナの気持になんとか報いたい。彼女のためなら、三日間ドナートと同じ屋根の下で過ごすくらい我慢しなければ。

「わかったわ」とたんにドナートの目が勝ち誇ったように輝いたが、グレイスはぐっとこらえた。リリアーナの死で、わたしとイタリアとを結ぶ最後の糸はふっつりと切れた。この最後の務めを、気概を重んじるリリアーナの期待にそえるよう、威厳を持って冷静にまっとうしなければ。「カーサ・ポンティーナへ行く途中で、ホテルの予約を取り消すわ」

「よし。決まりだ」その満足げな口調が、グレイスにはひどくしゃくにさわった。

ドナートが指を鳴らすと、アントーニオがグレイスのスーツケースに歩み寄った。彼は青と金の帽子の下からあばた顔をのぞかせ、大柄な体躯《たいく》に似合わず申し訳なさそうに言った。「失礼します、シニョーラ《スクージ》」

グレイスは苦々しい気分だった。英語がわからないアントーニオにも、自分とドナートとの会話の内容はおおかた想像がついただろう。

グレイスはこのアントーニオのことをつねづね、金持のお抱え運転手というよりも、シチリアのマフィアみたいだと思っていた。そんなことを考えつつ一向に軽くならない心で、グレイスは浅黒い顔のアントーニオの後ろをメルセデスへと向かった。ドナートにしっかりと腕をつかまれ、まるで処刑台へ上がるような気分だった。

ソレントにあるヴィトーリア家の豪邸へは、およそ八十キロの道のりだ。車内は冷房完備のうえ、四月の今の気温はまだ二十度あまり、真夏とは違って真昼のドライブでも快適なはずだ。けれどもドナートの隣に一時間も座るとなると、話はまるで違ってくる。

最初の心づもりでは、ナポリに一泊した翌朝ハイヤーで葬儀が行われるソレントの教会へ行き、その日のうちに再びナポリへ戻る予定だった。ヴィトーリア家とある程度の距離をおきながら、リリアーナに最後の礼を尽くすつもりだった。それをまさかドナートに阻まれるとは。自分が甘かった。

ドナートがメルセデスのドアをあけ、グレイスを中へ促した。彼女は乗り込む前に、彼の冷淡な顔を見上げて言った。「どうやってわたしのフライトを知ったの？」

「どうだっていいだろう、そんなことは」ドナートはうんざりした顔つきで、よそよそしく言った。会話を打ち切りたい時の彼のお決まりの態度だが、グレイスはどうしても引き下がりたくなかった。

「そうはいかないわ」彼女は長いまつげの奥の真っ青な瞳で、彼をじっと見据えた。「わたし、どの便に乗るかは誰にも話してないのよ」

「だろうね」

「で、答えは？」ドナートの傲慢《ごうまん》な態度に、グレイスの憤懣《ふんまん》がつのる。「どうやって知ったのよ。早く答えたらどうなの」

「きみのことは何もかもわかっている」支配者然として言われて、グレイスは一瞬たじろいだ。だが、すごすごと引き下がるくらいなら、燃える石炭の上を裸足《はだし》で歩くほうがましだ。

「どういうこと？」挑むような態度できいた。

「きみについて知っていることを、いちいち羅列しろと言うのか？」彼は平然としている。

「しかもこんな公衆の面前で」

「ふざけないで、ドナート」彼女の疲れきった血の気のない顔を、ドナートが探るように見た。

「ミア・ピッコーラ、ふざけるなんてとんでもないよ」黒い目が一瞬炎のようにきらめいたが、長いまつげとまぶたがすぐにそれを隠した。「さあ乗るんだ。質問には車の中で答える」

仕方なく広々とした後部座席に座ると、横にドナートが乗り込んできた。彼のアフターシェイブ・ローションのスパイシーなレモンの香りに、グレイスの心が急にふらついた。情熱的に愛し合ったあと、ベッドで息をはずませながら、その香りに抱かれた夜。狂おしい快感にむせびつつ、恍惚《こうこつ》へと燃え上がった夜。そんな夜を幾度過ごしたことだろう。あのころのわたしは、彼と一生離れないと信じていた。二人を分かつものなどこの世には何もない、二人は一心同体なのだと。なのにあの出来事が……。グレイスは唇を噛み、ため息をついた。

「それで、質問の答えは？」心臓の鼓動を必死で抑えながら、彼女は少しだけ首をひねった。「わたしのフライトをどうやって知ったの？」

「去年からきみの行動はすべて把握している」彼が静かに言った。「それが答えだよ、グレイス」

「わたしの行動はすべて？　どういうこと？　まさか、まさかわたしをずっと見張って……嘘《うそ》でしょう、そんなこと」

「いいや、本当だ」ドナートは、怒りで顔を真っ赤にしているグレイスを冷ややかに見た。

「なんですって！」グレイスは冷静さをかなぐり捨て、ドナートが一瞬ひるむほどの剣幕で言った。「わたしをスパイしてたのね！　信じられないわ、どうしてそんなことが……ドナート、あなたってそこまで堕落した人なの？」

「グレイス」ドナートは氷のような冷たい目を向けた。「それ以上の侮辱は許さない」

「それはこっちのせりふよ！」ちょうど車は空港の検問所で止まっていた。しかも運転席にはアントーニオがいる。ガラスの仕切りで会話の内容までは聞こえなくても、激しい口論の声は耳に届いているはずだ。「わたしのプライバシーはどうなるの！　金魚鉢の金魚みたいに丸見えの状態で……」

ドナートはイタリア語で一言悪態をついてから言った。「こんなばかげた会話は続けたくない。きみが金魚だろうがなんだろうが、どうだっていい」

「どうだってよくないわ。人を雇ってわたしを監視させるなんて、よくもそんな卑怯《ひきょう》なことが」

「きみが冷静になるまで話し合いはお預けだ。だいいち、今はきみと議論するような時じゃない」

そう言われてグレイスは、リリアーナの上品な美しい顔を思い浮かべた。そうね、わたしはドナートの母親の葬儀に参列するために来たんだし、彼が母親を心から愛していたことは事実だわ。いいわ、このことはイギリスへ戻ってから徹底的に……。

彼女は必死で怒りを抑えた。そうよ、徹底的な解決をしなければ。いつまでもこんな状態は続けられない。イタリアを離れてからの一年間、自分の選択が果たして正しかったのかどうか迷い続けてきた。その迷いが今、きれいさっぱりぬぐい去られたわ。もう迷う必要なんかないのよ。でも……なぜか胸がきりきりと痛む。そんな自分が無性に腹立たしい。

グレイスは唇を噛んで大きく深呼吸した。それできっぱり決心がついた。もうあと戻りはしない。さいは投げられたわ。

車がラ・ペルゴーラ・ホテルの優雅な玉石の車寄せに止まると、ドナートが言った。

「アントーニオにキャンセルの手続きをさせる」

「いいえ、わたしが自分で」グレイスはすかさずそう答えた。カーサ・ポンティーナに滞在するのはあくまでリリアーナのためであることは、すでにきっぱり伝えたが、彼の援助なしでも自分が生きていけることも主張しておきたかった。

「勝手にしたまえ」彼の不機嫌そうな声を背に、グレイスは颯爽《さっそう》とホテルの入口に向かった。

ロビーに入ると、半円形の大きなフロントデスクの手前でいったん立ち止まった。ドナートとの再会のショックで両脚が震えている。「落ち着いて。落ち着くのよ」小声で自分に言い聞かせる彼女を、通りすがりの年配のイタリア人夫婦がちらりと見た。グレイスはあらためて気持を整理した。ドナートとの関係はもう戻らない過去だ。それは彼もわかっているはず。わたしはこれから二、三日間できる限りのことをして、あとはケント州の静かな郊外にある小さな自分のフラットに戻り、外科病院の受付係を続ければいいのだ。

決心がつくとフロントへ行き、空港で出迎えてくれた友人がどうしても自宅に泊まるように言うものだから、と予約をキャンセルした。手続きは難なく終わった。グレイスが戻ると、車は一路イタリアの魅力あふれる田園地帯へと向かった。五年前、十八歳だったグレイスは、二人の子を持つ裕福な夫婦のもとで子守りとして働くため、初めてイタリアへやって来た。そして一目見た瞬間、この国に魅せられた。それが一年前、苦悩とともにこの地を去るはめになるとは……。

車窓には美しい景色が次々に通り過ぎていく。テラコッタ屋根の石造りの家並みが続く曲がりくねった道、ゴシック様式の教会、中世風の噴水、ぶどう畑やオリーブ林に囲まれたポプラが青々と茂る農場……イタリアの手つかずの風景が遠い日々を呼び起こす。グレイスは思わず涙ぐんだ。

ソレントは古風な趣に満ちた、鮮やかでロマンチックな町だ。代々そこを地盤とするヴィトーリア家が十七世紀に建てた豪壮なヴィラは、紺碧《こんぺき》のナポリ湾に臨む丘の上に立ち、ブーゲンビリアが彩るバルコニーから見事な眺望が広がっている。ソレントは神話と歴史と、雄大な自然の貴重な宝庫だ。グレイスはそこでドナートと出会い、熱烈な恋に落ちた。そして……。

ドナートはグレイスを子守りに雇っていた若い夫婦の友人だった。二人はグレイスがイタリアへ来てまだ二週間というころに出会い、一目で恋に落ちた。彼は二十五歳、精悍《せいかん》で苦み走ったハンサムの、洗練された青年だった。まだうぶな十八歳だったグレイスはすっかり彼のとりこになった。

ふと我に返り、グレイスは不安になった。カーサ・ポンティーナ……ソレントの南風にちなんで名づけられたあの古色蒼然《そうぜん》とした広大な屋敷には、自分にとって数々の記憶が刻まれている。これから三日間、いったいどうやって過ごせばいいのだろう。なんだか胸騒ぎがする。

五年前に出会った時のドナートは、父親を亡くした直後だった。長男として邸宅や事業をはじめとする一家の財産をそっくり引き継ぎ、信頼のおける優秀な経営陣に囲まれて、小さな帝国とも言うべき会社を運営していた。

ドナートの妹で、ヴィトーリア家の美しい養女であるビアンカは、十七歳で兄の親友と結婚し、数キロ離れたサンタンジェロに住んでいた。夫のロマーノ・ベッリーニはナポリの裕福な実業家であるかたわら、サンタンジェロで広大なオレンジ農場を営んでいる。

グレイスとビアンカは、同い年なのにうまが合わなかった。ビアンカはグレイスがヴィトーリア家に快く迎えられ、中でも一家の末っ子であるロレンツォに慕われたことをねたんだ。両親はドナートが生まれた時、医者にこれ以上子供は望めないと言われていただけに、ロレンツォは一家の貴重な授かりものだった。無邪気な少年は一心にグレイスになつき、グレイスのほうもロレンツォを心からかわいがった。

「きみが急にいなくなっても、さしつかえはないんだろう?」ドナートの低い声に、グレイスの脳裏からロレンツォの面影がぱっと消えた。一瞬ドナートが一年前のことを言っているのかと思い、心が過去に引き戻されそうになった。

「ええ」グレイスはドナートの彫りの深い風格ある褐色の顔から、急いで目をそらした。「勤め先は、理解のある人たちばかりだから」

「ドクター・ペンも?」ドナートは前を向いたまま無表情だ。

「ジム? ええ、もちろんよ。あの病院の人たちはみんな親切で……」グレイスははっとして口をつぐみ、ドナートの石のように冷たい横顔を見た。

彼が勤務先の医師の名を知っていたところで、今さら驚きはしない。わたしの身辺を徹底的に探ったのだろうから。でも四人の医師のうち、なぜジム・ペンの名前を?

「それはよかった」ドナートは含みのある口調で言い、おもむろにグレイスを振り向いた。そして唇の端でかすかに笑った。「きみの帰りを待ちわびているだろう」

「ほんの数日間のことよ」グレイスはなんだか腑に落ちなかった。荒れ狂う川の底流で、ヴィトーリア家という存在、とりわけドナートから逃れられずにもがいている気分だ。

「病院の受付係は、わたしのほかにクレアもいるわ。彼女とは仲がいいの。とても有能な女性よ」

「仕事のことじゃない。きみがいなくて寂しがっている人間のことを言ってるんだ」

グレイスは警戒するような目で言った。「変な言いがかりはやめて。いったい何を……」

「言いがかりじゃない」ドナートの顔から冷静さの仮面がはがれ落ち、怒りがのぞいた。

「グレイス、きみはロレンツォを忘れたのか？　リリアーナが亡くなってから、彼の口から出るのはきみの名前ばかりだ。心をかたくなに閉ざして、ひたすらきみの愛情を求めている。一年前きみが去った時、彼はひどいショックを……」

「責めるのはやめて！　わたしが家を出た理由はあなたも知ってるはずよ。あなたのせいなのよ」

「きみは自分の好きなようにしただけだ」ドナートは平静を取り戻し、冷ややかに言った。「家を出る前に、なぜぼくと話し合おうとしなかった？」

「あなただって、わたしを追わなかったわ」そう言ったとたんグレイスははっとした。今初めて気づいた。自分は今まで、彼が追いかけてくることを期待していたのだ。それだけに裏切られた思いがいっそうつのり、彼への愛を自ら灰にしてしまったのだ。

「いったいなんのために？」ドナートが平然と答えた。「とりとめのない口論を繰り返してどうなる。きみはあの時苦しんでいた。ほっと息をつける場を求めていたはずだ」

「ええ、今も同じよ」グレイスは内心叫び続けた。わたしが出ていこうと、べつにかまわなかったんでしょう？　リリアーナの葬儀をわたしに知らせたのだって、動転しているロレンツォのためでしょう？　そうよ、あなたにはわたしへの愛情なんてひとかけらもないのよ。なんて単純な話なのかしら。ああ、あなたが憎い。憎くてたまらない！

二人は互いに押し黙った。車は午後の美しい陽光の中、曲がりくねった街道ぞいの小さな村を抜けていく。車内は重苦しい空気に包まれたが、事態を悪化させないためには、二人とも無言でいるしかなかった。

グレイスは気持が高ぶっていた。今さらなぜドナートの心が気になるのだろう。彼とともにした人生はもう終わったのだ。そう確信したいし、しなければならない。それには彼に対して冷静で無関心でい続け、過去を葬り去らなければ。

ああ、彼とは幸せな時もあったのに。あんなことが起こるまでは……。

グレイスはぎくりとした。だめよ、今あのことを思い出しては。この場で泣き崩れるわけにはいかないのよ。あの日以来、自分は息をひそめるように生きてきた。そしてやっと一年が過ぎたのだ。

メルセデスはついに見覚えのある、ソレントの細道に入った。グレイスは気力を奮い起こした。カーサ・ポンティーナに近づくにつれ、レモン畑の濃厚な香りがたちこめてくる。車は大きな鉄門をくぐり、ヴィトーリア家の地所に入った。グレイスは思わず身を乗り出した。

「壁の庭へ行きたいわ……」彼女がつぶやいたとたん、ドナートはさっと振り向いた。

「やめておこう」漆黒の瞳がグレイスを見つめた。「旅疲れしているし、ロレンツォが待って……」

「かまわないわ」グレイスはドナートを一瞥《いちべつ》し、前方を見据えた。ドナートはしぶしぶ仕切りガラスをあけ、アントーニオに指示した。

ヴィトーリア家の広大な庭園は、熱帯植物にあふれている。甘い香りを放って咲きこぼれる花々、つややかな緑の芝、静かな木陰のあずまや、オレンジやアプリコット、オリーブ、アーモンド、無花果《いちじく》、バナナなどがたわわに実る果樹園……けれども車が乗り入れたのは、片隅の日陰にある小さな壁におおわれた庭だった。古びて色あせた壁は、常緑樹の大木で日差しをさえぎられている。

「グレイス?」車を降り、ふらふらと歩きだした彼女の腕を、ドナートが慌ててつかんだ。

「明日にしよう。そうしたほうがいい」

「ロレンツォは少しくらい待ってくれるわ……」

「ロレンツォのことを言ってるんじゃない」ドナートは大きくため息をついた。「きみのことを心配してるんだ」

グレイスの耳には何も聞こえなかった。屋敷の車回しから続く大きな木の柵《さく》を、ただ茫《ぼう》然《ぜん》と見つめていた。二年前の六月の悲しい出来事が、胸に重苦しくよみがえった。

ドナートは彼女の手を引き、石の小道を歩きだした。木戸をあけ、ひっそりとした壁の庭へ足を踏み入れる。その瞬間、彼女を大きな動揺が襲った。

「変わってないわ」グレイスが静かに言うと、ドナートが横でうなずいた。

「変わっていないとも。ここは永久に変わらない」

古びた壁の前は、赤や白の色とりどりのブーゲンビリアや、レモンの香りのバーベナ、ピンクのベゴニアなどで鮮やかに彩られている。庭の中央の芝の上には噴水と数脚の椅子があり、そのかたわらでは低木が、心地よい香りを放っていた。

活気に満ちたヴィトーリア帝国の中にぽつんとある、静かで平和なオアシスだ。グレイスは、この古風な隠遁所《いんとん》でよく一人ぼんやりと過ごした。心の休まる幸福な時間だった。

二人は庭の隅へと歩いていった。高さ三十センチほどの壁に囲まれた小さな長方形の中に、愛らしい花々で飾られ、テディベアの形をした石の墓標が置かれている。墓標にはこう刻まれていた。〝パオロ・ドナート・ヴィトーリア、享年六カ月。かけがえのない思い出に感謝し、父ドナートと母グレイスより限りない愛をこめて〟

2

「グレイス！　グレイス！」ロレンツォが大喜びで走り寄り、首にかじりついてきた。

「まあ、ロレンツォ」グレイスは玄関の石段にしゃがみ込み、泣きじゃくる十歳のやせた少年をしっかりと抱きしめた。「大丈夫よ、安心して」グレイスは黒い小さな頭を引き寄せながら、自分の言葉のしらじらしさに気づいた。子供のロレンツォにとって最愛の母親を亡くしたことは、どんなにかショックだろう。大丈夫なわけがない。

「本当に来てくれたんだね」少年が涙に濡《ぬ》れた顔を上げた。「ずっとどこかへ行ったきりだったね」

「だからぼくが言っただろう、グレイスはちゃんと来るって」頭上にドナートの穏やかな声がした。「さあ、家に入ろう。きみの涙でグレイスがぐしょ濡れだよ。それにベニートも待ってる。彼に新しく覚えた言葉を披露させてあげよう。ただし全部はだめだけどね」

ロレンツォはほほえんで、小声だが持ち前の朗らかな口調で言った。「新しい庭師が、ベニートに悪い言葉を教えたんだ」

「まあ」グレイスは笑顔でロレンツォをもう一度抱きしめ、立ち上がった。「きっとベニートは、その言葉に首ったけなのね」ベニートというのはロレンツォが飼っているオウムで、大きな丸い体と強靭《きょうじん》な翼と爪を持つ、驚くほど利口な鳥だ。たまに鋭い爪で実力行使に出るので、彼については好き嫌いがはっきり分かれている。だがこの短気なオウムも小さなご主人様には実に従順で、ロレンツォに対しては一度も危害を加えたことがない。

グレイスはロレンツォに手を引かれ、石段を上がっていった。小さな手のぬくもりにほっとしつつ、カーサ・ポンティーナに足を踏み入れた。

明るく風通しのいい玄関は、つややかな木の床と美しい絵画を飾った白壁に囲まれ、フラワーボウルのみずみずしい芳香の中で静寂をたたえている。今にもすらりとしたリリアーナが、満面に笑みを浮かべて応接間から現れそうだ。

リリアーナは、イタリア人らしい情熱的な愛情を子供に注ぎ、家族のために生き抜いた人だ。養女のビアンカをほかの二人と分けへだてなく育て、長男の妻であるグレイスのことも、実の娘のように大事にしてくれた。

物思いにふけるグレイスを引っ張るようにして、ロレンツォはぐんぐん進んでいく。応接間、ダイニングルーム、ドナートの大きな書斎を通り過ぎ、小さな踏み段を下りて邸内の奥へ入った。そこには朝食室と厨房《ちゅうぼう》と、二つの大きな居間があり、ロレンツォ用に使われている一方の居間には、おもちゃやコンピューター・ゲームが所狭しと置いてある。

二人はその部屋を突っ切って小さなパティオに出た。周囲を緑の芝生や木々に囲まれ、遠くにはオリンピック・サイズの真っ青なプールを望んでいる。

ベニートは止まり木でぶつぶつ言いながら、サルビアの花壇で雑草取りをしている庭師をながめていた。だがグレイスの声を聞きつけると嬉《うれ》しそうに跳ね始め、鋭く一鳴きしてから、甘えるように頭を低く突き出した。

「覚えててくれたのね。もう忘れられたかと思ってたわ」グレイスはしんみりした気持と闘いながら、ベニートの絹のような羽をなでた。

「きみは忘れがたい人だからね」後ろからドナートの声がした。グレイスは素早く振り返り、赤くなって彼をにらんだ。しらじらしいわ。この一年間、電話どころか葉書一枚よこさなかった人が。

「マリアはどうしてるの?」つい詰問口調になる。マリア・ファヅーラ……若く美しいヴィトーリア家の知人、そしてドナートの愛人。「もちろん元気でしょうね」グレイスはドナートの答えを待たずに言った。

「たぶんね」ドナートは沈んだ目で無表情に答えた。「彼女が何か?」

「べつに」グレイスはきょとんとしているロレンツォに気づき、慌てて明るく言った。

「ベニートは元気そうね、ロレンツォ。以前に比べて、また少し大きくなったんじゃない?」

「羽をふくらませてるからだよ、グレイス。太ったわけじゃないよ」ロレンツォはむきになって言った。ベニートは彼のご自慢のペットなのだ。

「グレイス！　グレイス！」ベニートがたまりかねたように鳴いた。「ドナート、グレイス！」

「わかったから、もういい。やめろ」ドナートが人差し指をちらつかせると、オウムは彼を見つめながら考え込むように首をかしげた。

「バスタ《バスタ》、バスタ！」ベニートがまた始めた。「ユルシテ、ユルシテ！」

ドナートは横を向いて笑いを隠した。家族や部下に絶対的権力をふるうヴィトーリア家の家長も、これじゃかたなしね、とグレイスは思った。大胆不敵なベニートに、尊敬の念すらわいてくる。

「一休みするといい。すぐにアンナに昼食を運ばせる」ドナートがグレイスの腕を取って家へ入ろうとすると、ロレンツォが心配そうに言った。

「ねえ、グレイス、もうどこにも行かないよね。ずっとカーサ・ポンティーナにいるよね」

ドナートが横で身をこわばらせるのがわかった。グレイスは返事を思いつかないまま振り向いた。少年の小さな青ざめた顔に、自分の決意が鈍る。ロレンツォは感受性の強い子だ。仲のいい兄のドナートとはあまりに年齢が離れているし、今は母親のように温かく見守ってくれる人間が必要だ。

屋敷内には年配の料理人のセシーリアや、若いメイドのアンナとジーナなど、女性の使用人が大勢いる。平日にはドナートが雇った優秀な家庭教師も通ってくる。けれども、ヴィトーリア家の人間として弱みを見せるなとしつけられている少年にとって、本気で甘えられる相手は一人もいない。

パオロを亡くした時、グレイスにとってロレンツォのひたむきな愛情は大きな慰めになった。今度は自分が助けになる番だ。カーサ・ポンティーナを一刻も早く去りたいのはやまやまだが、ここでロレンツォを見捨てるわけにはいかない。

しかも、今は彼の人格形成のうえで重要な時期だ。それを思えば、自分の滞在予定を多少延ばすくらいなんでもないことだ。子供は立ち直りが早い。きっと二、三週間もすればショックも和らいで、以前のように元気を取り戻すだろう。グレイスはゆっくりと深呼吸してから、自分をじっと見つめている小さな顔に笑いかけた。ほかに道はないのだ。ドナートにもそれはわかるはずだ。

「ロレンツォ、わたしの家は今イギリスにあるの。だけどもうしばらくはここにいるわ。ただしあなたが元気になるまでよ。いい？　約束よ」ロレンツォの沈んだ瞳から、たちまち不安の色が消えた。グレイスはこれでよかったのだと思った。

「うん」少年はこっくりとうなずき、グレイスにすがりついた。それから安堵《あんど》の涙を見られまいと、うつむいたまま部屋を走り出ていった。

ドナートが、弟の後ろ姿を見送りながら言った。「きみにすれば思いもよらない展開だな」

「ええ」ドナートの落ち着き払った口調が気にさわる。グレイスはいぶかしげに彼を見た。電報を打った時から、彼はこの状況を予想していたのかしら。結婚は失敗に終わったが、リリアーナのためならわたしは戻ってくる。そうなればロレンツォを見捨てることはできまい。そう考えていたのでは？

この一年間、彼はわたしに煩わされず自由気ままに暮らしてきたはずだ。そんな彼に今さらわたしを利用し、わたしの人生をかき回す権利なんてあるはずないわ。

彼女の心を見透かしたように、ドナートが肩をすくめた。「グレイス、逆恨みはやめてくれよ。ロレンツォは前々からきみを慕ってたんだから」

あなたは？　あなたもかつてはわたしを愛してくれた。赤ん坊を亡くしたショックでわたしが正気を失い、あなたがマリアのもとへ走るまでは。

ああ、来るべきではなかった。グレイスは涙ぐんでドナートに背を向けた。イギリスで冷えびえとした夜と単調な昼を送っていれば、リリアーナのこともロレンツォのこともみんな忘れ、静かに暮らしていられたのに。

「グレイス、きみの辛《つら》い気持はわかる」

「さわらないで！」彼が手を差し伸べたとたんグレイスは後ろへ飛びのいた。二人は一瞬凍りついた。「わたし、ロレンツォのためにしばらくここにいるとは言ったけど、あなたに手荒なまねをされてもいいとは言ってないわ」

「手荒なまねね？」ドナートが褐色の顔とたくましい筋肉質の体に怒りをみなぎらせた。「女性にそんなことをした覚えは一度もない」

「そうでしょうね」グレイスは冷たく言い放った。「女性は自分からあなたの足下にひれ伏すもの」あのマリアだって、と心の中でつけ加えた。グレイスは自分が意外だった。裏切られた悲しみなど、とうに乗り越えたと思っていたのに、彼と再会したとたん動揺が止まらない。不安でたまらない。

ドナートは少しの間彼女をじっと見つめていたが、やがてゆっくりとかぶりを振った。「きみはいつからそんな、たしなみのない女になったんだ？」

ドナートの褐色の顔に平手打ちが飛び、その音が室内に大きく響き渡った。「よくもそんなことが……」グレイスが再び振り上げた手を、ドナートが素早くつかんだ。

「ああ、言えるとも」彼の頬に手の跡が赤く浮き上がった。「ぼくにはきみに説明を求める権利があるんだ。きみの夫だからね」

「それは過去の……」

「裁判所はそうは言わない」彼はぴしゃりと言い返した。「グレイス、法廷も教会もきみをぼくの妻と認めている。離婚はありえない。結婚の契約が切れることはないんだ」

「そんなこと、わたしには通用しないわ」ほっそりしたグレイスの前に、ドナートのたくましい体が迫る。グレイスは息が乱れた。「単なる契約上の話じゃないの。愛がなくなった結婚なんて、ただの紙きれしか残らないわ」

「それはご都合主義のなんの根拠もない考え方だ。法律のうえでは……」

「法律がなんなのよ。はっきり言っておくわ。わたしはあなたとの結婚なんか忘れたいの」

「どうかな」ドナートが挑むようにまた一歩迫る。「ぼくのおちびさん《ミア・ピッコーラ》、それはきみの本心じゃない。自分にそう言い聞かせているだけだ」

「放して！」グレイスは両手首をつかまれ、彼の厚い胸板に引き寄せられた。彼女は必死にもがいたが、抵抗すればするほど無力さを思い知らされた。

強引に唇が重なり合った。がっしりした体の中で身をよじりながら、グレイスはかつての彼の感触やにおいの記憶に意識が混沌《こんとん》とした。体から力が抜けていく。わたしは彼には勝てないのだ。

そう、勝てなくて一年前、わたしはこのヴィトーリア家を去った。必死で追いすがるあの誇り高いリリアーナの、涙に濡れた顔を思い出す。義理の娘であるわたしに、どうかドナートと話し合ってくれと懇願するリリアーナの顔を。

「なぜなの、グレイス？」タクシーを待つ間、リリアーナはグレイスをそばに引き寄せ、泣きながら言った。「ドナートはあなたを愛しているのよ。わたくしにはわかっているわ。だからお願い、どうか早まらないで。時間をかけてじっくり考えて」

グレイスはリリアーナを愛していた。それだけに話せなかった。その日知ったばかりの、ドナートとマリアの情事のことは。今はそのことが悔やまれてならない。リリアーナにすべてを打ち明けてしまうべきだった。ドナートのことだ、自分の過ちの証拠をうまくもみ消して、わたしが勝手に怒って出ていったふりをしただろう。結局わたしは、リリアーナに真実を話せずに終わった。イギリスでの新しい生活が軌道に乗ってからという心づもりだったが、もうそのチャンスは永久に来ないのだ。

タクシーに乗り込む時に聞いたのが、リリアーナの最後の声になった。「グレイス、あなたにもいつかきっとわかる日が来るわ。今はたしかに辛いでしょう。でもあなたたち夫婦にとってパオロがすべてじゃないわ。悲しみを分かち合えば互いの絆《きずな》はさらに強くなるのよ。ドナートには、あなたがしばらく考える時間をほしがっていると伝えておくわ。いいわね」

けれども、この家を去った本当の理由はパオロの死ではなく、ドナートの許しがたい裏切り行為だった。グレイスはそのことを明確にした手紙をドナートに残して彼との対決を避け、こそこそと逃げるようにして家をあとにしたのだった。

それからの一年間、ドナートがいなくても立派に生きてきた。完全に自立した女性になったのだ。今なら胸を張ってそう言える。

その思いに警戒心があおられた。グレイスは官能の誘惑を払いのけてドナートの腕を逃れ、黒豹《くろひょう》に戦いを挑む子猫のような目で彼を見た。

「今度こんなことをしたら、その時は躊躇《ちゅうちょ》せずにここを出るわ。わたしがここへ来たのはリリアーナのお葬式のためよ。あなたのエゴがどうしてもそれを受け入れないなら、今すぐイギリスへ帰るわ」

「あいにくぼくのエゴは、少々のことではめげないんだ」

その口調にはどこか哀愁がこもっていたが、彫刻のような顔は普段どおり冷ややかだった。次第にグレイスから怒りが引いていき、体が震えだした。赤みのある金色の髪に顔がいっそう青ざめて見える。

子供までもうけた夫婦がなんて有様だろう……ああ、パオロ！

「ぼくだって彼を愛していた」グレイスの悲痛な心の叫びに答えるように、ドナートが言った。いったい何を考えているの？　グレイスはドナートの濡れたオニキスのような黒い瞳をじっと見つめた。

人を動揺させるその氷のような表情の意味が、かつてのグレイスには手に取るようにわかった。なのに、今はわからない。彼を近づけさえしなければ傷つくことはないの？　彼のセックスアピールに負けている自分を、どうしたらいいの？　抱きしめられただけで、体の奥がこんなに熱くうずいてしまうなんて。単に本能的な反応だろうか。きっとそうよ。そう思って深刻に考えないようにしよう。

「ええ、あなたはパオロを愛してたわ」息子の名を口にしたとたん、グレイスはあの悲劇からの長い道のりを思い出した。胸に一瞬刺すように走った痛みが、すっとわびしさに変わる。「わたしたちのあの子への愛情は、これからもずっと変わらないわ」

「だったら、あと数週間くらい我慢できるだろう」ドナートは静かに言った。「ロレンツォがどんな状態かもわかっただろうから」グレイスが黙ってうなずく。たしかにロレンツォの心を癒《いや》すには、今すぐ深い愛情と慈しみが必要だ。「ビアンカが自分の家でしばらく彼を預かると言ってくれたが、本人がいやがってね。ぼくも、ロレンツォは慣れた環境においておくべきだと思う。ベニートと一緒に」

グレイスは再びうなずいた。ビアンカがベニートも一緒に預かるとは思えない。あのオウムのビアンカへの毒舌攻撃には、いつも度肝を抜かれる。夫のロマーノにはとてもなついているのに。

「勤め先に連絡するわ」グレイスは決然として言った。「代わりの人を雇ってもらわなくては」

「きみは辞めさせられたりはしない」含みのある口調だったが、グレイスは自分の神経をこれ以上刺激しないように、あえて無視した。「電話を使うんだろう？」ドナートが穏やかに言う。

「ええ……」グレイスは彼を警戒の目で見た。「でも昼食のあとでもいいの。急ぐことはないわ」

「思い立ったが吉日だよ」彼は笑ったが、黒檀《こくたん》の瞳は冷たかった。「ぼくの書斎の電話を使うといい。あそこなら邪魔が入らないから」

彼は強引にグレイスの腕を取り、ドアのほうへ促した。薄いブラウス越しに伝わる指の熱い感触に、グレイスは言葉も理性も失った。

なぜこんなにどぎまぎするの？　グレイスはドナートと書斎へ向かいながら、内心で自分を責めた。屈辱的だ。彼が冷たく眉を上げただけで、わたしの五感すべてが突っ走っていく。彼との関係はもう終わったのだと、頭ではわかっていながら。

「さあ」ドナートはグレイスを書斎へ招き入れ、ドアを閉めた。

「ぼくがかけてあげよう。番号を言って」彼は大きな胡桃《くるみ》材のデスクにつかつかと歩み寄り、グレイスが断る間もなく受話器を取り上げた。

グレイスはあっけにとられた。落ち着き払った態度の裏で彼は何を企《たくら》んでいるんだろう。わたしが電話をかけようとしているのに一緒に部屋に入ってくるなんて、マナー違反だわ。彼らしくない。

彼女は仕方なく番号を告げ、少ししてドナートから受話器を受け取った。これで彼は部屋を出ていくだろう。だがグレイスが椅子に腰かけると、彼はデスクの前の椅子に悠然とおさまった。

二人は大きなデスクをはさみ、正面から向かい合った。ドナートは書類をながめるふりさえせず、グレイスの紅潮した顔をひたと見つめた。

「もしもし、クレア？　グレイスよ」動揺の中で会話が始まった。

「まあ、グレイス」こちらの不安を気づかうようなクレアの声が、グレイスには嬉しかった。二人は知り合ってまだ四カ月だ。クレアは車の大事故で病院に長いこと入院し、それから今の外科病院で働くようになった。二人は初対面から意気投合した。「心配してたのよ。そっちの様子はどう？」

「ええ、順調よ」グレイスは深呼吸して緊張をほぐそうとした。「ただ、予定より長くイタリアに滞在することになったの」

「まあ、ほんとに？」クレアは心配そうに言った。「大丈夫なの？　もちろん葬儀やドナートのことはいろいろと大変だと思うけど、それ以外に何か困ったことはない？」

「ええ、ないわ。心配しないで」クレアには過去の辛い経験も将来の不安もすべて打ち明けてきた。今の状況のことも洗いざらい話してしまいたい。だが正面のドナートのまなざしが、それを許さなかった。「葬儀がすんだらまた電話するわね。詳しい話はその時に。取り急ぎ、あと二、三週間戻れそうにないことを知らせておきたくて」

「わかったわ。ねえ、そのまま待ってて。電話をジムに回すわ。あなたから電話があったら、そうしてくれって言われてるの……とにかくグレイス、気をつけてね。何かあったら必ず相談して」

「ありがとう、クレア」受話器から保留音が流れ始めた。ジムが電話に出ると聞いて少し驚いたが、考えてみれば不思議はない。彼が今の病院に勤めるようになったのは一年前、グレイスと同じころだった。互いに新入り同士、自然に親しくなった。

彼は温和で忍耐強く、医師としても優秀だ。パオロを亡くしたうえドナートに裏切られ、必死に新しい人生を模索していたグレイスにとって、ジムの静かな友情は身にしみて嬉しかった。

グレイスは五歳で両親を交通事故で亡くして以来、ずっと児童養護施設で育った。イギリスの男性とつき合ったことは一度もなく、そういえばジムもスコットランド出身だ。彼とはよく夕食をともにしたが、そのあとはめいめいのフラットへ帰った。

クレアが病院に入ってくると、夕食のメンバーは三人になった。クレアは、グレイスを自分の両親や友人にも紹介してくれた。ジムはグレイスよりわずか二、三歳年上なだけだが、依然として父親のような態度を崩さなかった。

「どうかしたのか?」ドナートの声にグレイスが顔を上げると、彼が黒い目を輝かせていた。

「いいえ」グレイスは無理にほほえんだ。「電話が彼に転送されるのを待ってるの」

「彼?」ドナートが穏やかにきいた。

「ジム・ペンよ」グレイスはなぜか顔を赤らめた。ドナートの意味ありげな視線のせいかもしれない。「わたしに話があるみたい」

「ふん、なるほどね」

グレイスがドナートをにらみつけた瞬間、受話器からジムのスコットランド訛《なまり》が聞こえてきた。

「グレイスか?　いったい何があったんだ?」ジムが心配そうに大きな声で言った。グレイスが訃報《ふほう》を受け取ったのでイタリアへ行くと言うと、ジムは猛反対した。その彼に、グレイスはすぐに戻るからと固く約束したのだ。

「今、ヴィトーリア家にいるの」真正面にいるドナートを意識しつつ言った。「予定どおりとんぼ返りというわけにはいかなくなったの」

「なぜだ?」普段のジムからは想像もつかない厳しい口調だ。グレイスは唖然《あぜん》とした。

「ロレンツォが……ほら、あの小さな男の子よ。彼がとても動転してるの。だからそばについていてあげたくて。もし病院が別の人を代わりに……」

「そういう問題じゃない」またしても厳しい口調だ。これが本当にあの温厚なジム？　別の人間が乗り移っているみたいだわ。「代わりがいなくてもどうにかなる」ジムの口調が少し和らいだ。

「ありがとう」グレイスはほかの医師に相談しなくていいの、ときこうとして思い直した。今のジムには余計なことは言わないほうがいい。

「いいんだ。きみのためにせめてこれぐらい……グレイス、きみがいないと寂しいよ。妖《よう》精《せい》のような足音が聞こえなくて、病院内はひっそりしている」

ジムが思いつめた口調なので、グレイスは軽く笑って言った。「妖精だなんて。それはわたしがへとへとになっている時の足音よ」

「そっちの様子はどうだい？」

「みんなとても落ち着いてるわ」ドナートは無言のまま微動だにしないが、全身から暗い波長が漂ってくる。「ジム、国際電話だからそろそろ切るわね。また近いうちに状況を知らせるわ。それから、クレアに伝言をお願い。大家さんに事情を説明しに行ってほしいの」グレイスは慎重に続けた。「もう戻らないのかと思われたら困るわ」

「心配しなくていい。ぼくに任せてくれ」ジムがすかさず言った。「家賃もぼくが立て替えておく」

「待って、いいのよ。こちらから小切手を……」

「グレイス、ぼくはそうしたいんだ。精算はきみが戻ってきてからでいい」戻って、という言葉に力がこもっていた。グレイスは赤くなった。ジムの口調には独占欲のようなものが感じられる。

「わかったわ。ありがとう」グレイスは少しためらってから言った。「じゃあ、さよなら」

「さよなら、グレイス。体に気をつけて。それから……早まったことはしないでくれ。いいね？」

「あ……ええ、わかったわ。じゃ、これで」グレイスは真っ赤になって受話器を置いた。

重苦しい沈黙のあとに顔を上げると、待ちかまえていたようなドナートの視線にぶつかった。

「その友人は、きみがここに来ることに反対だったらしいな」

「どういう意味？」グレイスは時間稼ぎをしようとき返した。ジムの知られざる一面をかいま見たショックが、まだ尾を引いている。

「彼はきみを、不格好なバスが走る安全で退屈な雨のイギリスから一歩も出させたくないんだろう？」ドナートが不機嫌そうに言い捨てた。

嫉妬《しっと》してるわ！　グレイスは一瞬驚いたが、すぐに怒りがこみ上げた。本当はどうでもいいくせに。今までほうっておきながらほかの男には渡したくないだなんて、さすがヴィトーリア家の家長ね。所有欲の固まりだわ。相手がジムだろうと誰だろうと片っ端から嫉妬するんでしょう？

そのとたん電話のジムの声を思い出し、顔が赤くなった。言葉であれ態度であれ、彼に友情以上のものを示したことは一度もない。なのに……気がめいってきた。ジムは頼りがいのある兄のような存在だ。それ以上の関係は望んでいないのに。

ドナートは頬を赤らめているグレイスからさっと視線をそらし、語気を弱めた。「で、どうなんだ。答えてくれ」広い胸の前で腕組みをした。

「勘違いしないで」

「そうかな？」ドナートは唇の端をわずかに上げたが、目は氷のようだ。「じゃあ質問を変えよう。彼はきみにイタリアへ行くなと言ったんだろう？」

「わたしは人の命令は聞かないわ。ここへ来たのも自分の意思よ。他人に決めてもらうなんてごめんだわ。これでご満足？」

「まあね」ドナートはいきなり立ち上がった。グレイスがたじろぐと、彼は横柄に言った。「さあ、きみの部屋へ案内しよう。昼食はそこでとるといい」彼はドアへ向かいながら続けた。「見たところ、だいぶお疲れのようだ」

ジムとの会話をほのめかしている。グレイスは冷ややかにほほえみ、素っ気なく言った。

「そうね、そうさせてもらおうかしら」

そうさせてもらおうかしら？　本当は願ったりかなったりだわ、とグレイスは思った。彼と再び顔を合わせる前に一、二時間でも休めるのなら、たとえそこが灼熱《しゃくねつ》の砂漠だったとしてもオアシスに思えるだろう。ましてや葬儀では、ビアンカや大勢の親戚《しんせき》らとの対面を控えているのだ。

五年前に初めてカーサ・ポンティーナに来た時、内気な十八歳だったグレイスには、ここが巨大な城に見えた。こうして今、天井の高いホールや、二階へ続く優雅な階段をながめながら歩いていると、あの時の感慨がよみがえってくる。

一階には厨房と広々とした使用人部屋、さらに寝室と浴室が一続きになった大きなスイートルームが六つもある。だが、ドナートは初対面から二カ月後にグレイスに結婚を申し込むと、すぐに増築工事を決めた。そして美しく広い厨房と天井の高いダイニングルーム、二つの応接間、さらに二階には四つの大きなスイートルームを備えた新館が完成した。

それはドナートが贅《ぜい》の限りを尽くして造らせた、グレイスと二人きりで暮らすための新居だった。けれども、グレイスはリリアーナが寂しがるのではないかと心配した。

結婚を数週間後に控えたある日曜の午後、グレイスは新居の室内装飾についての打ち合わせのため、カーサ・ポンティーナを訪れた。彼女の不安げな表情に気づいたのは、ダイニングテーブルで向かい側の席にいたビアンカの夫、ロマーノだった。

「グレイス、ちょっと」彼はお茶のあとグレイスを部屋の隅に呼んだ。長身の彼は静かにグレイスを見下ろした。「新居のことで何か不都合でも?」

「とんでもないわ。あそこに住むのが待ちきれないくらいよ」そう言ってからグレイスは赤面したが、ロマーノは気づかないふりをした。「ただ、リリアーナのことが……わたしたちが彼女と一緒に暮らしたがってないと思われるのが心配なの」

「ドナートには話したのかい?」

「ええ。彼は心配するなって。リリアーナも賛成なんだからって。でも……」グレイスは言いよどんだ。「新居に住むのをいやがってると思われたくないから、ドナートにはそれ以上言えなくて」

「グレイス、ぼくはリリアーナの人柄はよく知っている。ぼくとドナートは赤ん坊のころからのつき合いなんだ。だから、出しゃばりのようだけどぼくの意見を言わせてもらうよ」彼は優しくほほえんだ。

「リリアーナはドナートがきみと知り合ったことを心底喜んでいるし、息子が独立してきみと二人きりで暮らすことを当然だと考えている。自分のほうが居を別に移すことを提案したくらいだ。若い夫婦には二人きりの時間が必要だというのが、彼女の持論だからね。だから今回のことは一切心配いらない。彼女はきみをとても大事に思っているんだ」

「まあ」グレイスは顔をぱっと輝かせた。

「本当だよ」ロマーノは静かに言った。「リリアーナにすれば、息子を取られたというより娘が一人増えたという気持なんだ」

「ありがとう、ロマーノ」グレイスの笑顔に、ロマーノは軽くうなずいた。ロマーノのような人が、なぜよりによって高慢で短気なビアンカと結婚したのかしら。グレイスはそう思って軽い罪悪感を覚えた。ビアンカはドナートの妹なのだ。

グレイスはロマーノの言葉を、その晩自宅へ送ってもらう車中、ドナートに話した。彼はうなずいて言った。「母はきみがぼくの妻になってくれることに大賛成だ。ほかの者たちも同じだ。仮にぼくらの結婚に反対する人間がいたとしても、気にすることはない。ぼくらにとって障害は何もないんだ。きみはぼくにとって運命の女性だ。今までぼくは、これほど深く女性を愛したことはない」

そして彼は……グレイスは結婚式の夜のことを思い出し、目をぱちくりさせた。その日は彼女の十九歳の誕生日でもあった。ドナートはそれまで抑えていた欲望を一気に解き放った。その燃えるような激しさにグレイスは驚き、おののいた。

けれども彼の優しく巧みなリードで、グレイスは初めて経験する喜びの頂点へと導かれた。めくるめく感覚の中でドナートと夢中で溶け合った。二人はそうして恍惚《こうこつ》の世界へとのぼりつめ、やがてゆっくりと果てた。

それも今では、彼の不貞によって忘却へと葬られた過去……グレイスははっと我に返った。ドナートは階段を過ぎ、新館へ通じる重厚な樫材《かし》のドアへ向かおうとしている。グレイスは彼の腕をつかんで挑むように言った。「まさか、わたしをバンビーナ・ポンティーナに泊めるつもり？」二人の愛の巣だった新館の愛称が、無意識のうちに口から出た。

「もちろんだよ」ドナートの腕がこわばる。彼はグレイスのきゃしゃな手を静かに見下ろし、それから彼女の顔を見た。「きみの家じゃないか」

「以前はね」声が揺れている。「でも、わたしはもうあそこには泊まらないわ」

「グレイス……」ドナートは困惑げにため息をついた。「とことんぼくに反発するんだね。ぼくへの懲らしめのつもりかい？」

「違う……いえ、そうかもしれないわね」グレイスは毅然《きぜん》として言った。「でもわたし、ぜひこっちに泊まりたいのよ」一歩あとずさりした。

「ほう？」彼は疑い深げな顔をした。「きみの服や持ち物は、そっくりバンビーナ・ポンティーナに残してあるんだ。本、レコード、カセットテープ、何もかもだ。それに、あそこにはきみ専用の居間もあるし……」

「ドナート」

「むろん、きみ専用の寝室もある」彼は淡々と続けた。「きみが当分戻りそうにないとわかって、ぼくはすぐ別の寝室へ移ったからね」

「当分……？」グレイスは彼をまじまじと見た。置き手紙には、二度と戻らないと書いたはずよ。

「よって身の安全は保障される。どうだい？」不安げな顔のグレイスを嘲笑《ちょうしょう》するように見た。「ぼくは相手に無理強いするほど、女に飢えてないよ」

「そんなことを言ってるんじゃないわ！」不安を悟られた悔しさから、きつい口調になった。でも以前住んでいたところに泊まりたくない理由は、ドナートに力ずくでどうこうされるのが心配だからではない。自分への不信感が……。

グレイスははっと顔を上げ、困惑に陰ったブルーの瞳をドナートに向けた。赤みのある金髪が炎のように輝いていた。彼女はどうしても認めたくなかった。裏切られた相手に今も惹《ひ》かれているとは。

自分のもろさが歯がゆかった。ドナートにはカリスマ的な魅力がある。彼と知り合ってからも、多くの女性が彼の底知れぬ魅力に屈するのを見てきた。でも、夫の不貞は絶対許せない。一度許しても、いずれまた同じことが……なぜこんなことを？　もう彼の妻じゃないのに。二度と彼に裏切られることだってないのに。

「つまり」ドナートは黒檀《こくたん》の瞳を半ば閉じ、グレイスの複雑な表情を興味深げにながめた。「どうしてもバンビーナ・ポンティーナがいやだ、というわけではないんだね。それはよかった。ロレンツォの助《すけ》っ人《と》としてはそのほうが都合がいい」

「わたし……」

グレイスは以前暮らした場所には一時間たりともいたくなかった。でも、ドナートと二人きりになるのを怖がっていると思われて、彼のエゴを増長させたくない。あなたのことなど、なんとも思っていないのだという態度を見せなければ。

「そうね」唇を噛《か》んでうなずく。「着替えも今のままじゃ足りないことだし、ちょうどいいわ。まだクローゼットの中にあるのかしら」グレイスが静かに言うと、ドナートは彼女の腕を取ってバンビーナ・ポンティーナへのドアに歩み寄った。

「もちろんだよ」彼は意外そうに答えた。妻は平気で捨てても、妻の持ち物は捨てられないのね、とグレイスは思った。「手をつけずに置いてある」

ドアの向こうの広々としたクリーム色のホールへ入った瞬間、グレイスは胸が高鳴った。美しいモザイクの床、壁に並ぶレース模様の素焼きの皿。なつかしさに胸がきしりと痛んだ。

「おかえり、グレイス」ドナートが柔らかなハスキーな声で言い、グレイスの唇にそっとキスした。その瞬間、彼女の中にぽっと小さな炎がともった。

「そういうことはやめてって言ったはずよ」グレイスは彼をにらみつけた。

「そう、言った」ドナートは軽く笑った。「だがぼくは、命令されるよりするほうが好きなんだ。それに、キスはイタリア人の歓迎の儀式だよ」

「違うわ」

「じゃあ、なんだい？　ま、返事はゆっくり考えてくれ。さあ」ドナートは美しい錬鉄製の階段を示した。「スーツケースは部屋に届いている」

「あなたって人は」グレイスは彼の手を振りほどいた。最初から企んでいたのだ。「ドナート、あなたは是が非でも自分の思いどおりにするのね」

「おほめにあずかって光栄だ」彼の皮肉な口調を、グレイスは頭をそらして無視した。ああ、来なければよかった。リリアーナもわたしが来るとは……いや、思っていただろう。きっとわたしが来ると。グレイスは混乱した頭で階段を一段一段踏みしめていった。ホールに立って自分を見つめるドナートの姿を、痛いほど意識しながら。

リリアーナは義務、尊敬、責任、犠牲という四つの規範のもとに、しきたりを重んじて生きていた。その彼女なら自分の新しい旅立ちの場に、娘同然のわたしに参列してもらいたいと望むはずだ。

踊り場のアーチ状の窓から真っ白な光が差し込んでいる。グレイスは階段を上がると、光沢のある木の廊下を脇目《わきめ》もふらずに進んだ。そして主寝室に入るなりドアにもたれ、ぎゅっと目を閉じた。

電報を受け取る前の晩、彼女は夢を見た。リリアーナに帰っておいでと言われる夢だった。その時の差し迫った様子の声が、今も耳に残っている。〝グレイス、彼はあなたが思っている以上にあなたを必要としているわ。あなたがこの家に戻ってきた時に、初めて癒しが始まるのよ。帰ってらっしゃい、グレイス。さあ、帰ってらっしゃい〟

真夜中、グレイスは汗だくになって震えながら目を覚ました。心臓が高鳴り、口がからからだった。リリアーナがわたしを呼んでいるのかしら？　今、グレイスは目を閉じたまま再び同じ問いを繰り返した。リリアーナ、あなたが天国へ旅立つために、わたしは何をしたらいいの？

もしかしたら、リリアーナはロレンツォのためにわたしを呼んだのかしら。そうよ、きっとそうだわ。ドナートではなくてロレンツォのためなのよ。そう思いながらグレイスは、自分の都合のいいようにこじつけている気がしていた。

彼女はゆっくりと目をあけた。広々とした明るい室内をそっと見渡す。わたしはこの部屋で、三年間の結婚生活を送ったのだ。パオロを宿すまでの数カ月間、ドナートとともに激しい官能の波にもまれ、天にものぼるような恍惚の瞬間に酔いしれたのだ。

そう思った瞬間、マリアの姿が頭をよぎった。まるで魔よけだ。ドナートに溺《おぼ》れそうになったら、彼女のことを思い出せばいい。そうよ、わたしと同じように、ドナートによって官能の喜びに満たされたマリアを。

その時、色とりどりの美しい野草の花束が目に留まった。アスター、ポピー、せんのう、忘れな草、くわがた草、ふきたんぽぽ、紅輪たんぽぽ、種つけ花、るりはこべ……。

グレイスはあっと息をのんだ。結婚式のブーケと同じだ。そして、わたしにとってのその意味を知っているのはドナートだけだ。彼女は静かに花に歩み寄り、薄青色の藤《ふじ》うつぎと小さな白いなずなに、そっと手を触れた。

児童養護施設で暮らした長い年月、グレイスは近所の道端から野草を摘んでは小さな花束をこしらえ、自室の窓辺に飾った。繊細な美しい花々は、規律と日課にしばられた味気ない日々の唯一の慰めだった。花をながめては幸せな将来に思いを馳《は》せた。結婚式に高価な温室栽培の花を特別手配する話が出た時に、グレイスはその思い出をドナートに話した。結婚式当日、白い絹のリボンとレースに飾られた大きなカスケード作りの花束が届いた。夢に満ちた将来を約束するように、色鮮やかなたくさんの野草がはじけ飛ぶように咲きこぼれていた。

それを見てグレイスは泣いた。その時の思いが再びよみがえる。彼女は大きなダブルベッドの上で丸くなり、深い悲しみを押し殺した。

彼はなぜマリア・ファゾーラを？　わたしたちの結婚はなんだったの？　二人で分かち合った時間、パオロの誕生、死……ああ、パオロ！

グレイスは激しくむせび泣いた。その声が、部屋の外にいるドナートの耳に届いた。彼はドアのノブを握りしめたまま石のような表情で立ちつくしていた。が、やがて険しい顔つきで身をひるがえすと、荒々しい足音とともに部屋から離れていった。

3

十五分ほどして、アンナが昼食のトレイを運んできてくれた。すでに顔を洗って、人心地ついていたグレイスだったが、肉とトマトソースを詰めたカネローニと新鮮なグリーンサラダを見て、ため息が出た。食欲がまったくわかない。

過去の涙も怒りももう乗り越えたと思っていた。なのに再びイタリアの地を踏むなり、心に暗雲がたれこめている。グレイスは憂鬱《ゆううつ》な思いでトレイを押しのけ、ワイングラスを手に窓からバルコニーに出た。暖かい陽光の中で、ひんやりとした芳醇《ほうじゅん》な赤ワインをゆっくりと味わった。二十分ほどたったころ、窓の風にそよぐレースのカーテンをくぐって、ドナートが現れた。

「全然手をつけてないじゃないか」彼は室内のトレイのほうに目くばせした。

「おなかがすかないのよ」非難めいた口調のドナートを、グレイスは冷ややかに見返した。

真っ青な瞳と黒い瞳が、火花を散らし合った。

「きみに病気になられると困るんだ」

ふいにグレイスの心に、激しい怒りの炎が燃え上がった。空腹で口にしたワインのせい？　訃報《ふほう》を知って以来の緊張と睡眠不足？　さっきからまとわり続けている昔の思い出？　ドナートの傲慢《ごうまん》な態度？　彼女は感情の爆発をかろうじて抑えた。

「そうよね。葬儀で忙しい時に迷惑だものね。ロレンツォの世話さえ務められないなんて、わたしはヴィトーリア家のお荷物でしか……」

「やめないか！」ドナートが力まかせにグレイスの腕をつかんだ。「ぼくはそんな意味で言ったんじゃない。わかるだろう」

「わからないわ」グレイスはきゃしゃな体をいっぱいにこわばらせ、彼を真っ向から見据えた。「放して。手荒なまねはやめてって言ったでしょう」

ドナートは彼女を一瞬抱き寄せたがすぐに顔をそらし、バルコニーのどっしりした石壁に一人寄りかかった。「きみのような強情な女にはお目にかかったことがない」いらだたしげに言った。

「それはおあいにくさま」意に反してあまり辛辣《しんらつ》な口調にはならなかった。抱き寄せられた瞬間の彼のにおいと感触に、グレイスの心は乱れていた。思うようにならない体がうとましかった。

ドナートは背筋を伸ばし、自信に満ちた態度でグレイスに向き直った。「別のトレイを用意させる。夕食は八時からなんだ、今きちんと食べておかないと空腹で倒れるぞ。そんなやせこけた体なら、なおさらだ」

「やせこけた？」グレイスは彼をにらみ返した。そうね、あなたの好みはマリアのような健康的な肌の豊満な女性ですものね。「わたしの身長と体重のバランスは理想的よ。そんなふうにけちをつけるのは、あなたぐらいだわ」

彼女はそうつけ加えた理由が自分でもわからなかったが、ドナートが唇を固く引き結ぶのを見て満足感を覚えた。マリアと比較するような口ぶりは絶対に許せない。

「何が言いたいんだ、ぼくのおちびさん《ミア・ピッコーラ》」静かだがとげとげしい口調だった。「煙に巻くような言い方はやめて、はっきり言ったらどうだ」

「遠慮しておくわ」グレイスは肩をすくめ、そっぽを向いた。逃げ腰の自分が情けない。

「賢明だな。言わぬが花というわけか」

グレイスはかっとなって、ガラスの破片のようなような声を返した。「失礼ね！　あなたにそんなことを言う権利はないわ。もう一年前に別れ……」

「いいや、きみは今でもぼくの妻だ。ぼくのものなんだ」

「離婚して、ドナート」一瞬しんとなった。グレイスの言葉は空中にじっと漂い続け、二人の間に重苦しい緊張が高まっていく。

グレイスは後悔した。その件はこんな感情的な場面ではなく、葬儀がすみ、互いが落ち着いたころを見計らって持ち出すつもりだった。自分はどうかしている。それもこれも全部彼のせいだ。

「なぜ?」ドナートが口を開いた。

しかも彼の態度は普段どおり落ち着き払っている。

「そんなこと、きくまでもないでしょう」グレイスはうわずった声で返した。

「いいや、はっきり説明してもらおう。そうすればきみが嘘《うそ》をついていることがはっきりする」

「嘘?」まるで『鏡の国のアリス』の中の会話だ。ちぐはぐで、まったく噛《か》み合わない。

「どうしてわたしが嘘をつく必要があるの? わたしたちの結婚がすでに終わってしまったことは、百も承知のはずだわ。お互いの間にはもう何も残ってないのよ、ドナート」

「それは質問か断言か、どっちなんだ?」ドナートは淡々と言った。「もし後者なら、あらためて言っておく。きみは自分の意思でぼくと結婚し、神の前でぼくとの一生を誓ったんだ。離婚には絶対応じないぞ。ヴィトーリアの名を汚したくはない」

「応じないだなんて、そんな……」

「もし前者なら」彼はグレイスを無理やり抱きすくめた。「ぼくへの質問ならば、言葉ではなく行動で答えよう」体の自由を奪われたグレイスは、必死に顔をそむけて彼の唇を避けようとした。「無駄だよ、そんなことをしても」彼はつぶやき、グレイスに唇を重ねた。

「きみはぼくから逃れられないし、逃れたいとも思っていないんだ」

グレイスは激しいキスにがんじがらめになった。欲望に駆られたむさぼるような、それでいて妖《あや》しい唇と舌の感触に、彼女は体の奥が熱くなった。

頭がくらくらする。どこかで小さな炎がともり、過去の感覚がよみがえる。自分が、ずっと長い間砂漠の中に埋もれていた気がする。

気がつくとグレイスは、彼の口づけに熱く応《こた》えていた。意思を離れた自分が、吹きすさぶ嵐《あらし》に飛び込んでいく。彼の下半身の高まりが伝わり、自分も熱く潤うのがわかる。

「ドナート……」グレイスが小さくうめくと、胸のふくらみに彼の手が触れた。グレイスは力強い男の肉体を感じ、喜びと快感に震えた。

「この日をずっと待っていた」ドナートがグレイスを抱き上げ、バルコニーから寝室へ戻った。そして彼女をベッドに横たえ、優しく愛撫《あいぶ》を始めた。「きみは一生ぼくのものだ」勝ち誇った声だった。そのとたんグレイスの中で、官能の喜びが溶けたバターのように崩れていった。

「いや！」ドナートの体を押しのけ、ころがるようにしてベッドから下りた。「あなたが憎いの。許せないのよ」グレイスは目を燃え立たせた。そう簡単にはいかないわよ。わたしはヴィトーリア家の従順な家来じゃないわ。妻を裏切っておいて後悔も謝罪もないなんて、君主は家来に対して言い訳は無用だと思ってるわけ？「あなたなんか……勝手に別の女性のところへ行けばいいのよ」マリアの名がのどで引っかかった。

「よさないか」彼の表情が驚きから冷淡さに変わった。「そんな女性はいない」

「どうかしら。豹《ひょう》はどこまでも豹だわ」

「よせと言ったはずだ」彼が身を乗り出したので、とっさにグレイスはあとずさりした。恐怖と憤りに顔がひきつった。

「二度とさわらないでと言ったはずよ。わたしたちの間にはもう何もないのよ。何も！」

「なぜそうヒステリックになる？」冷たく苦々しい口調だ。「今でもぼくに欲望を感じている自分がいまいましいんだろう？　それともイギリスにいる別の男のために、義理立てしてるのかな」

「なんのこと？　さっぱりわからないわ」

「なるほど。賢者は責められる前に責める、非難されるのは愚者だけ。そういうことわざがあったな」燃えるような視線がグレイスの肌に突き刺さる。

彼女は茫然《ぼうぜん》と目を見開いていた。ドナートはわたしを、別に男がいると言って非難している。あんまりだ。この一年間、わたしがどんな気持で暮らしてきたと思ってるの？　グレイスは背筋を伸ばし、頭をつんと上げ、ショックを隠して言い返した。

「ジムのことを言ってるのなら、お門違いよ。ジムは信頼できる立派な友人よ。軽々しくわたしに迫るような人じゃないわ」

「だったら彼は愚か者だ」軽蔑《けいべつ》をこめてドナートが言った。「あるいは情熱がないんだろう」

「ジムは誠実な人なのよ」グレイスは噛みつくように言った。「あなたはそういう人を軽蔑するでしょうけど、わたしは違うわ。彼はどんなに好きでも、既婚女性に手を出すような人じゃないわ。あなたにはそんなこと理解できないでしょうけど！」

「なるほど。ぼくは非情な女たらし、ジムは雪のように純粋、そう言いたいんだな？　だがきみが欲望を感じたのはこのぼくだ。きみの体を生き返らせたのはほかの誰でもない、ぼくなんだ」

「そう思い込みたいだけよ。ヴィトーリア家の人間は、そうやって毎日自分のエゴを磨かないと気がすまないのよ」グレイスは、内心の苦悩を見透かすような彼の視線から自分を懸命に守った。そして、この家に戻ってきたことを心底後悔した。

自分はドナートに蛇のように絡みつかれ、意のままに操られている。ロレンツォ、リリアーナ、パオロ、そして……そしてもう一つの何かが燃えるような痛みとして迫ってくる。その正体を、彼女はあえて探りたいとは思わなかった。

「なぜぼくに対して敵意を持つんだ」彼はなだめるような口調で言った。「しばらく別々に暮らせば、やがてきみも落ち着いて、互いの将来についてじっくり話し合えると思っていた」

「互いの将来なんかないわ。絶対に」

「そう自分に言い聞かせているんだろう？　だがきみはぼくのものだ。きみは運命から逃れることはできない。ジムは」ラテン系らしい派手な手ぶりで軽蔑を示した。「彼は、日の出前の朝靄《あさもや》のようなものだ。すぐに忘れられる。でなかったらぼくは、とうの昔に彼からきみを奪い返している」

「ドナート、わたしは人間なのよ。自分の心があるのよ。物扱いはやめてほしいわ」

「わかっている。だからこそ、きみが自分で思い知るまで黙って待っていたんだ」

「思い知るまで？」グレイスは面食らって彼を見つめた。「何も思い知る必要はないわ」

「いいや、ある。グレイス、勇気を出して自分の気持に目を開いたらどうなんだ」

「そんな必要はないわ。自分の気持なら百パーセントわかってるわ」彼は問題をすり替えているのよ、とグレイスは思った。一年間の音信不通を、わけあってそうしたように言って。だまされやすいうぶなわたしなら、きっとその話をうのみにするだろうと思ったのね。人を見くびるにもほどがあるわ。

「ドナート、今さら過去を掘り返すのはやめましょう」グレイスは彼に背を向け、風に静かにそよぐレースのカーテンを見つめた。「もしパオロが生きていたら、こんなことにはならなかったかもしれないわ。たしかに、わたしはあなたを閉め出した。それが間違いだったことはわかってるわ。でも過去は過去なのよ」

「過去は学ぶためにあるんだ」

「やめて！」グレイスは振り向きざまに叫んだ。あなたの不貞を容認しろと言うの？　何もなかった顔をして暮らせと言うの？　わたしは手紙に書いたはずよ。あなたの裏切りは決して許せない、よりを戻すつもりは絶対ないって。その気持は今も変わっていないわ。世の中には愛する男性のために悲しみに耐え、同じことを何度でも許す女性もいる。でもわたしはいやよ。耐えられない。「離婚してほしいの」彼女はきっぱりと言った。

「ばかなことを」ドナートは動じない様子で静かに言った。静かなだけに怖かった。

「あなたこそ正気じゃないわ」ドナートの石のように冷静な顔を見て、グレイスは言った。

「そのとおりだ」彼も目を細め、グレイスの青ざめた顔を見返した。「もともと分別のある男じゃないからね、今さら変わろうとは思わない。とにかくぼくらは夫婦だ。離婚はありえない」彼はゆっくりとドアのほうへ向かった。「すぐに昼食を運ばせるから、それを食べて眠るんだ。きみは興奮しすぎて、冷静に物事を考えられない状態だからね」

ドナートのあまりの傲慢さにグレイスは息をのんだ。何か言い返そうと言葉を探していると、彼は振り返って無表情に言った。

「花はお気に召したかな」

「えっ？……ええ、ありがとう」グレイスは面食らって答えた。「でも……」

「じゃあ、また晩に夕食で」部屋に一人きりになると、グレイスは怒りと、そして何か別の感情に身を震わせた。動悸《どうき》が激しく、口の中が乾いている。

彼は少しも変わっていない。以前よりひどいくらいだ。グレイスは両手を握りしめ、床を行ったり来たりした。自分本位で身勝手で、ヴィトーリア家の名誉のためなら人を人とも思わない！　グレイスは震える脚で、窓辺にあるキルトのクッションを敷いた安楽椅子まで行き身を投げ出した。それから、室内にイギリスの夏の香りを充満させている色とりどりの花を見つめた。

これだけの花をそろえるのは大変だっただろう。イギリスにしかない花が半分を占めている。ドナートはいったいどういうつもりなんだろう。

グレイスは軽い頭痛を覚え、顔をしかめながら考えた。彼はマリアと関係を持っておきながら、まだわたしに未練があるのだろうか。この花々は、これから先のことは何も心配するなという約束の印だろうか。それともわたしを服従させ、思うがままに動かすための戦法だろうか。彼はおそろしく頭の切れる人だ。そして友も敵も同じくらい正確に理解できる。彼は果たしてわたしを、どちらに考えているんだろう。

「どうだっていいわ、そんなこと」グレイスはつぶやいた。ドナートがどういうつもりであれ、過去は過去だ。変わりはしない。秋のあとに必ず冬が来るように、それは自明のことなのだ。彼は離婚によって家名を傷つけるのをいやがっているが、わたしにはどうでもいいことだ。ロレンツォの心が落ち着いたら、絶対にこの家を出ていこう。

わたしはもう、ドナートの妻ではないわ。彼には指一本触れさせない。そんなことをされるくらいなら死んだほうがましよ。グレイスがそう自らに言い聞かせていると、ドアに遠慮がちなノックの音がして、メイドが昼食を運んできた。グレイスは礼を言ってそれを受け取った。

今度はパスタもサラダも全部たいらげ、大きなグラスに入ったワインもすっかり飲みほした。そしてベッドに入るなり、あっという間に眠りに落ちた。よほど疲れていたのだろう、夢も見ずにぐっすりと眠った。

目を覚ますと、室内に西日が差していた。グレイスはけだるい気分で横たわったまま、金色の残照の中で小さく躍るほこりを見つめていた。頭の中がうつろだ。開いた窓から庭にいる人々の声が聞こえ、混濁した感覚を揺さぶる。パオロが死んだ時も、こうして心を空虚にした。外界との接触を一切断つことで、狂いそうな自分を救おうとしたのだ。

パオロ……黒い巻き毛の、愛くるしい顔が思い浮かぶ。グレイスは胸がねじれるように痛んだが、同時に一抹の喜びも感じた。これまでは思い浮かぶパオロの顔といえば、ベッドのシーツに半分おおわれた、小さな死に顔だけだったのだから。

あの日の朝、二人は熱い一夜のあと、幸福いっぱいの気分で目覚めた。グレイスはいつもの授乳の時間より少し遅くなったことに気づき、急いでベッドを出た。

そして悲鳴。ドナートが慌てて部屋に駆けつけ、パオロの小さな体をベッドから抱き上げた。彼はグレイスに医者を呼ぶよう大声で命じ、それから口移しで人工呼吸を始めた。

けれどもすでに遅かった。パオロは死んでから数時間たっていた。パオロは小さなベッドで、ずっと一人ぼっちでいたのだ。

なぜ気づかなかったの？　グレイスに苦悩がよみがえる。我が子の苦しみに気づかないなんて、大事な時にいてやれないなんて、自分は母親失格だ。死因は揺りかご死と呼ばれる、乳幼児突然死症候群だった。その文字を新聞や雑誌で目にするたび、グレイスは恐怖に身震いした。悲しむ母親の思いが伝わってくる。現実とは思えない悪夢のような出来事だ。

「どこか具合の悪そうな様子はありませんでしたか？　たとえば熱があったとか」数日たって、医者にそう尋ねられた。一家とは古くからつき合いのある医者で、彼自身もかなりショックを受けていた。グレイスは冷たい手を両側にいるドナートとリリアーナに握られ、応接間で医者と向かい合っていた。

「乳歯がはえかかってるんです」現在形で答えた。グレイスの心は、パオロがいなくなったことを受け入れまいとしていた。「それから、少し鼻をぐずぐずさせてます。でも機嫌は悪くないんです」

「そうですか」医師は重々しくうなずいた。「こういう場合、しばしば数日前に軽い風邪の兆候が見られるんですよ」

わたしはそれに気づかなかった、そう言いたいのね？　グレイスは医師をじっと見つめた。めまいが襲ってきた。そう、わたしは気づかなかった。だから赤ん坊は死んだ。わたしがドナートと、ベッドで幸せな時間を過ごしている間に……グレイスの口から金切り声があがった。即座に鎮静剤の注射を打たれたが、眠りから覚めるとまた悲鳴をあげ、今度は丸一日眠らされた。再び目覚めた時、世界は取り返しのつかないほど変わっていた。何もかもが灰色だった。

周囲からは自分を責めるなと言われ、ドナートも……思い出してグレイスはいたたまれなくなり、ベッドに起き上がった。あの時、ドナートは来る日も来る日もわたしのそばで話しかけ、ともに涙にくれ、取り乱すわたしをきつく抱きしめてくれた。

わたしは次第に落ち着きを取り戻していった。でもそれは、うわべだけのこと。知らず知らず悲しみは心の奥深くに浸透し、わたしはすべての慰めを拒んで、孤独へと自分を追い込んだ。

だから、ドナートがマリアのもとへ走ったのは、わたしのせいかもしれない。グレイスはベッドを出ると服を脱ぎ捨て、浴室へ行って冷たいシャワーを浴びた。

ビアンカは、ドナートとマリアの関係はパオロが亡くなって間もない、わたしの二十一歳の誕生パーティーの日から始まったのだと言った。わたしがリリアーナを訪ねてきたビアンカを、そっと隅に呼んで尋ねた時のことだ。

ドナートにじかに尋ねるべきだったのだろうが、どうしてもできなかった。わたしの鬱々とした疑いと嫉妬《しっと》がビアンカの言葉に助長され、ドナートの気持を直接確かめようとする余裕がなかった。

「ドナートとマリアが?」グレイスに新館のホールに招き入れられたとたん、ビアンカは冷たく光る黒い瞳で言った。「わたしはただ、二人が一緒に昼食に出かけたって言っただけよ」

「違うわ。また出かけたって言ったのよ」グレイスは淡々と言った。「それ以外にも、あなたはあの二人が以前から親密だったように再三ほのめかしているわ。ねえ、ちゃんと話して。もしそのつもりがないなら、リリアーナにきくわよ」

「ママは何も知らないわ!」ビアンカがぴしゃりと言った。「だからママに言ってはだめ。これ以上ママを動転させることは許さないわ」

「わたしはどうなるの? わたしが動転していないとでも思ってるの?」ドナートの妹のビアンカは普段は愛らしく振る舞っているが、グレイスと二人きりだと態度ががらりと変わる。パオロの悲劇のあともそれは同じだった。

「あなたが?」ビアンカが挑戦的に一歩前に踏み出した。「イギリス人にそんな熱い心があるの? だいいち、もしパオロがわたしの子だったら、あんなことにならないようもっと注意してたわ」

ビアンカの頬に平手打ちが飛んだ。彼女は一瞬唖然《あぜん》としたが、すぐに悪意に満ちた目に変わった。

「ドナートとマリアについての質問だったわね」グレイスの首筋に悪寒が走った。「事実はあなたの思ってるとおりよ。マリアは美人だし、ドナートのことがずっと好きだったわ。彼女こそドナートの妻にふさわしいのよ。あなた、自分の誕生パーティーの夜のこと、覚えてる？　あなたは早めに抜け出したでしょう？　二人の関係はあの時に始まったのよ。ドナートはあの晩、寝室へ戻らなかったはずよ。当然よね。ほかの女性と一緒だったんだもの。青白い弱々しいイギリス女じゃなくて、情熱的な正真正銘の女性と一緒にね」

「あなたの言葉なんか信じないわ」グレイスは恐怖に駆られて一歩下がった。「彼はそんな……」

「あの日を境に、ドナートの態度は変わったんじゃない？」顔色を変えたグレイスを見て、ビアンカは満足げにうなずいた。「ほうら、やっぱり。彼、冷たい不感症のあなたにはうんざりしたのよ。もう愛してないのよ。あなたはすべてを失ったのよ」

グレイスはさらに辛辣な口調で続けるビアンカを、ドアの外へ押し出した。そして涙が涸《か》れるまで泣いたあと、飛行機とタクシーを手配し、スーツケース一個に最小限必要な物を詰め、ドナートに手紙を書いた。ビアンカに聞かされたことも、包み隠さずはっきりと書いた。

タクシーを待つ間、グレイスはリリアーナにさよならを言いに行った。幸い彼女は部屋に一人きりだった。今度ビアンカと顔を合わせたら、自分がかっとなって何をするかわからないと思った。

シャワーの冷たさに、グレイスは突然我に返った。「もう過去のことだわ、何もかも」そうつぶやいてバスタオルにくるまり、寝室へ戻った。ドナートあての手紙を置いたベッドに、つい目が行く。「彼はもう、わたしを愛してないのよ」花束が自分へのあざけりに見えてきた。「家名やロレンツォのことを考えて、ことを穏便にすませよう、それが彼の魂胆なのよ」

前からわかっていたことよ。なのにどうしてこんなに辛《つら》いの？　グレイスは自分に向かって力なく問いかけた。わたしはもう彼がいなくても平気なはずよ。彼を乗り越えたのよ。ただ過去の思い出の詰まったこの部屋に来て、少し動揺しているだけ。きっとそうよ。そうに決まってるわ。

ノックの音がした。はっと思った時にはすでに遅く、入ってきたドナートが彼女の濡《ぬ》れそぼった絹のような髪と、バスタオル姿の小柄な体をじっと見つめていた。「きちんとノックはした」彼の穏やかで情熱的なまなざしに、グレイスは全身から力が抜けそうだった。「聞こえなかったわ」気力を奮い起こして言った。「わたし……シャワーを浴びてたから」

「シャワー？」彼は深いため息をつき、ハスキーな声で続けた。「よく二人で一緒に浴びたね。覚えてるだろう？　ぼくに体を洗ってもらったことを」

「ドナート」

「きみもぼくを、優しく器用に洗ってくれた」黒い目が妖しく光る。グレイスは彼のたくましい裸体を思い出して赤くなり、長いまつげを伏せた。筋肉質の力強い肩、体毛におおわれた厚い胸と腹、そして下半身の……。

「なんのご用？」グレイスは妄想を払いのけ、震える声で毅然《きぜん》と言った。彼のゲームにつき合うつもりはない。

「そうだな……まずきみを……」

「違うわ、この部屋に来ようと思った理由は？」動揺のあまり声がうわずった。「夕食は八時からのはずでしょう？」

「そうだよ」彼はあっさりと言った。「ビアンカとロマーノが来ることを、きみに伝えておこうと思ってね」妹の名を平然と呼んだ。グレイスはドナートをじっと見つめた。ビアンカは彼とマリアとのことをわたしにほのめかした張本人だ。そのことは彼への置き手紙にはっきり書いたのに。

つまり、ドナートはビアンカを責めるつもりは全然ないということだ。ビアンカは彼にとって、間違ったことをするはずのない甘えん坊の妹。それに引き替えわたしは、一年間ほうっておいても気軽に再利用できる都合のいい所有物。あんまりだわ。

「そう、わかったわ」冷たい口調で言った。「そろそろ着替えたいんだけど、かまわないかしら」

「もちろんだとも」彼は大きなクローゼットを手で示した。「ゲストとしてかい？　それともぼくの妻として？」彼は悠然と椅子にかけ、両手を頭の後ろで組んでグレイスをじっと見つめた。

「一人にしてもらいたいの」怒って彼をにらんだものの、効果はなかった。「それから、わたしの立場についてはすでに明らかなはずよ」

「ああ、火を見るより明らかだ」彼は顔をこわばらせたが、椅子から立とうとはしなかった。「だが、夕食の前にロレンツォのいないところで、葬儀の段取りを話しておきたくてね。彼には聞かせたくないから」

「あ、そう、そうだったの」

ドナートは淡々と説明を始めた。「ロレンツォのことは頼むよ、グレイス」彼は最後につけ加えた。「きみが一緒なら彼も心強いだろう」

「えっ、あの子も連れていくの？」グレイスは驚いた。「大丈夫かしら、心配だわ。ここで留守番をさせるわけにはいかないの？」

「ぼくだって、そうさせたいと思っている」彼は怒ったように言った。「だが、本人が行くと言い張っている。彼はもう自分で決断する年齢だ。人に何もかも決めてもらう赤ん坊ではない」

「いいえ、彼はまだほんの子供よ」

「彼は十歳、もうすぐ十一歳だ。そしてヴィトーリア家の男子だ」ドナートはきっぱりと言った。「繊細な心だけでなく、鉄の意志も持たねばならない。彼にここに残れと命じて従わせることはできるが、それが本人にとっていいことだとは思わない。彼は自分でよく考えたうえで行くと言ったんだ」

「あなたの考え方、わたしには理解できないわ」グレイスはドナートをにらみつけた。大柄な褐色の肌の彼の前で、白いタオルを巻きつけた彼女のクリームのような肌、そしてサファイヤのような瞳が、ひたすら美しくはかなく見えた。

「いいか、とにかくぼくは決めたんだ。自分の決定に横から口をはさまれたくない。これがぼくの考え方だ。わかったか、グレイス？」

「ええ、火を見るより明らかに」グレイスがさっきのドナートの言葉をまねると、彼は目を細め、グレイスの小さなあごを指で持ち上げた。

「何をそんなにいきりたってるんだ？　きみはぼくが結婚した女性とは別人のようだ」

「そうよ。わたしは成長したの。鉄の意志を持ってるの。意志を持つのは何も、ヴィトーリア家の人間に限ったことじゃないわ」

「だがきみは、ヴィトーリア家の人間だ。いいかげんにそのことを思い出したらどうだ？」

ドナートの指がグレイスのあごから首筋へと滑り下り、震える絹のような肌をなぞった。豊かな巻き毛に彼の指が絡まる。「やめて！」グレイスは顔をそむけ、せっぱ詰まった声で言った。

「なぜだ？」彼はグレイスの顔を上げ、その唇をじっと見つめた。「これは法的に許された行為だ。きみはぼくのものなんだ」

「それはわたしの同意があっての場合よ」グレイスは体をこわばらせて言った。彼の魅力に引き寄せられる自分と必死に闘った。肉体は彼を求めていた。体内で欲望が激しく燃えていた。「わたし、同意するつもりはないわ」

「関係ない。ぼくらの間にはまだ火がともっているんだ。体を重ねれば、その火は再び燃え上がる」彼はグレイスを引き寄せ、静かに言った。

「嘘よ」グレイスはドナートの満足げなまなざしに狼狽《ろうばい》した。「そんなことをしても無駄よ。わたしはあなたのものにはならないわ」胸の動悸が激しい。体の底が震えている。

「性欲を満たしたって、わたしがあなたを憎む気持は変わらないわ」

「それでもかまわない。もう一年もたった。きみの気持なんかどうでもいい。ぼくらは結婚した。きみはぼくの妻だ。だからぼくはきみがほしいんだ」

「やめてよ」グレイスは平静を保とうとした。一歩間違えるとんでもない状況になる。

「あなたなんか、単なる動物よ。ヴィトーリアの名前がいったいなんだって言うの？」

「きみが家名にこだわっていたとはね」

「わたしの息子の名字だもの、当然よ」

ドナートは苦悶《くもん》の表情でグレイスを見つめ、それから乱暴に彼女を押しのけた。

「きみはなんて女だ」彼は怒りに満ちた声で言い、大股で歩きだした。「なんてひどい女なんだ！」燃えるような目で振り返ったあと、彼は勢いよくドアを閉めた。室内には、ぞっとするような暗い静けさが漂った。

4

ドナートが出ていったあと、グレイスはしばらくの間身じろぎもせず目を閉じ、必死に涙をこらえた。やがてショックがいくぶん和らぐと、深い吐息とともに目をあけ、うつろな視線を宙に向けた。

体を求められたから、それがどうだっていうの？　彼は欲望のはけ口がほしかっただけよ。わたしは単なる都合のいい存在なのよ。そうでなかったら、彼はこの一年間に電話なり手紙なりで言い訳をしてきたはずだわ。結局どうでもよかったのよ。彼にすればわたしなんか、わざわざそうするだけの価値のない女なのよ。ばかね、わたし。こんなことにいつまでもこだわるなんて。

グレイスは部屋の隅にある造りつけの大きなアンティークの鏡に歩み寄り、上気した顔と震える唇を情けない気分でながめた。視線を落とすと、左手には婚約指輪と結婚指輪が光っている。この一年間はずそうと何度も思いながら、なぜか不道徳に思えてできなかった。正式に離婚していないせいだろう。きちんとけりをつければ、すっぱりはずせる。

星の形をした婚約指輪のダイヤモンドが、彼女をあざ笑うかのようにきらきらと輝いた。ドナートがそれを贈ってくれた夜の記憶がよみがえる。彼は優しくこうつぶやいた。〝グレイス、きみはぼくの太陽、月、星、すべてなんだ。ぼくの人生にとってなくてはならない存在なんだ。初めて会った瞬間から、きみしかいないと思った。小さくて可憐《かれん》なきみを忘れることができなくなった。グレイス、きみはぼくのものだ。そしてぼくもきみのものだ。それはこれから一生続くんだ〟

なのに出会ってからたった五年で、何もかも終わった。グレイスは顔を上げ、鏡の前でタオルをはずした。きゃしゃな体と、絹のようななめらかな肌。小さくてふくよかな引きしまった乳房。この体が子供を一人産んだのだ。パオロを。

目を閉じたとたん、グレイスは刺すような痛みに貫かれた。パオロの誕生にはドナートと二人喜びの涙を流し、パオロの突然の死には二人して悲嘆の涙にくれた。なのにその数カ月後、ドナートはマリアと……。グレイスが恐れていたとおりだった。夢物語はいつかは必ず終わりを迎えるのだ。

彼女はつかつかとクローゼットへ歩み寄り、シンプルなフォーマルドレスを選んだ。化粧はグレーのアイシャドーと、長い豊かなまつげにマスカラを軽く塗る程度にした。べつに誰かと美しさを競うわけではないのだから。そう思いつつも、グレイスの脳裏に黒髪と薄茶色の目の、すらりとしたマリアの姿が浮かんだ。グレイスは部屋を出て、階段を下りていった。

マリア・ファゾーラ。ビアンカの親友。マリアがドナートに熱烈な思いを寄せていることは、誰の目にも明らかだった。グレイスはそのことで、結婚当初ドナートを冗談混じりにひやかしたことがある。それを今思い返すと、胃がきりきりする。グレイスは慌てて気を取り直した。夕食の前に、少しの間ロレンツォと一緒にいてやるつもりだった。階段を下りると、バンビーナ・ポンティーナの階下部分はわざと素通りした。以前と同じままの状態を見るのは辛《つら》いし、かといって変わっていても辛い。それに、子供部屋は絶対に見たくない。グレイスの胸の鼓動が速くなった。ホールを通り抜けてドアをあけ、カーサ・ポンティーナへ入った。

「グレイス！　グレイス！　グレイス！」ロレンツォの居間へ行くと、さっそく興奮した声に迎えられ、腰にしがみつかれた。「よかった、来てくれて」ロレンツォのドナートとよく似た大きな黒い瞳が、思いつめたようにグレイスを見た。「ぼくね、グレイスに会えるようにって、毎晩神様にお祈りしてたんだ」

「まあ、本当に？」グレイスは深刻そうなロレンツォに軽くほほえみかけた。自分もわっと泣いて彼を抱きしめたかったが、彼のためにもそれはできない。涙はもう充分だ。これからの彼は、母親のいない状況を受け入れて生きていかねばならない。そのために彼の心を、ほんの少しでも悲しみからすくい上げてやりたい。「じゃあ、きっとそのお祈りが通じたのね」

「そうだよ。ぼくの思いどおりになったんだ」真剣なロレンツォの口調にグレイスは笑った。ロレンツォったら、ヴィトーリア家特有の傲慢《ごうまん》さを十歳にしてすでに身につけてるわ。繊細で優しい性格でありながら、望んだものは必ず手に入れられるという揺るぎない確信に満ちている。

でも今は、ロレンツォのそんな自信が頼もしかった。彼は得られる救いはすべて吸収しようとしているのだ。「ここにいてよ」少年が静かにつけ加えた。「これからもずっと、っていう意味だよ」

「グレイス、グレイス。ドナート、グレイス。カワイソウ、ベニート、カワイソウナ、トリ。チャオ、チャオ」待ってましたとばかりに、ベニートが止まり木でダンスを始めた。

「ベニートのやつ」ロレンツォがくすくす笑って振り返った。グレイスはベニートの絶妙のタイミングに感謝した。「どうしてかわいそうな鳥なの？」グレイスはかごのところへ行って、ベニートの頭をなでてやった。「あなたほど幸せな鳥は見たことないわ。餌《えさ》はたっぷり、おうちはきれい、おまけにご主人様とは大の仲よし。これ以上何がほしいの？」

「クダモノ、クダモノ」ベニートの返事にグレイスはびっくりした。彼は本当に鳥だろうか。

穏やかな一時間が過ぎた。グレイスは葬儀を翌日に控えたロレンツォの緊張を、ベニートが一緒になってほぐしてくれている気がした。ところが、ふいに戸口から聞き覚えのある声がした。

「グレイス」ビアンカの声は有刺鉄線のようだった。「ドナートから聞いたけど、あなたも葬儀に出るんですって？」彼女はロレンツォと笑い合っていたグレイスの顔を、非難めいた目で見た。こんな時に笑うとは不謹慎だと言いたいのだ。

「だって、ベニートが笑わせるんだもん……」

必死になって言い訳を始めたロレンツォを、グレイスは静かに制した。そして美しい猫のような顔のビアンカをじっと見据えた。「こんにちは、ビアンカ」グレイスはビアンカの背後にいるドナートとロマーノにうなずいてみせ、再びビアンカを見た。「リリアーナが亡くなったことは本当に悲しいわ。ショックだわ。わたしにとっては母親同然の人だったんですもの」痛々しさのこもる声で言った。

ビアンカがつんとあごを上げた。グレイスは、ロレンツォがビアンカのあてこすりを即座に見抜いたことに驚いていた。なんて勘の鋭い子だろう。同時にビアンカに対して怒りがこみ上げた。ロレンツォの心がせっかくなごんでいたのに、それをぶち壊しにするなんて。彼が母親をどんなに愛していたか、彼女だって知ってるはずなのに。ビアンカ、あなたって人は優しさがひとかけらもないの？

「元気かい、グレイス？」ロマーノが浅黒い端整な顔でほほえんだ。グレイスは彼が好きだったが、彼もドナートと同様、どこか鎧《よろい》をまとったようなところがある。「再会できて嬉《うれ》しいよ。こんな時でなかったら、もっとよかったんだが」

「ええ、本当に」グレイスがさらに何か言いかけた時、ぶらぶらとパティオへ歩いていったビアンカが、ベニートを不快そうに見て言った。

「オウムをこんなところに置いて、不衛生だわ」ビアンカはアーモンド形の目をつり上げて言った。「かごの中を見てよ。こんなに散らかって。汚いわ」

「ベニートは汚くなんかない！」ロレンツォは小さな顔を真っ赤にして言った。

「ベニートはロレンツォの友達なんだ」ドナートがドアのところから素っ気なく言った。

「それはきみもよく知ってるはずだ。行儀のいい鳥だしね」

ビアンカは美しくカーブした眉を、いぶかしげに上げた。そして異議を唱えようと口を開いた瞬間、ベニートがしゃべり始めた。「オー、ビアンカ、オー、ビアンカ」悲しげな口調とは裏腹に、さも愉快げに踊っている。「バカ、バカ、ケケケ」オウムは人間のせせら笑いそっくりの声で鳴き、止まり木でぴょんぴょん飛び跳ねた。

「ちょっと、今の聞いた？」ビアンカは顔をしかめて振り向いた。だがほかの者たちが笑いを嚙《か》み殺しているのに気づき、彼女の怒りは倍増した。「この鳥はわたしを侮辱したのよ。絶対に許せないわ」

「オー、ビアンカ！」ベニートはご機嫌の様子で、そのあとに何かイタリア語をつけ加えた。とたんにロレンツォが息をのみ、口を手で押さえながら慌てて兄のほうを見た。

「庭師の仕業だな」ドナートが唇の端に笑いを隠して言った。そして唖然《あぜん》としているロマーノを振り返った。「新しい庭師が、その、つまり……斬新《ざんしん》な言葉を覚えさせようとしたらしい。残念ながら忘れさせるのに失敗したようだが」

「下品きわまりないわ！」ビアンカは烈火のごとく怒っていた。「こんな鳥はペットとしてふさわしくないわ。どこかよそへやってしまいましょう。ママだって、きっと同じことを言ったはずよ」

「またかい？」ロマーノが即座に口をはさんだ。口調は穏やかだが表情は険しかった。ビアンカは出かかった言葉をのみ込むと、グレイスとロレンツォの前を憤然として通り過ぎた。

「ドナート、ベニートは自分の言ってることがわからないんだよ」ロレンツォが泣きべそをかいて言った。「彼が悪いんじゃないよ」

「気にするな」ドナートは穏やかに言ってから、首をかしげて満足げにこちらを見ているベニートにしかめ面をした。グレイスもドナートが考えていることに同感だった。あのオウムは自分が何を言っているのか、充分承知のうえなのだと。

「ロレンツォ、二十分後くらいに応接間へおいで」ドナートはオウムの極彩色の羽毛を優しくなでながら言った。「夕食の前にぼくたちはお酒を飲むが、きみはその間ここにいるほうがいいだろう?」

ロレンツォは顔を上げ、ビアンカを不快げに一瞥《いちべつ》した。「うん。ここにいるほうがいい」

「じゃあ二十分後だ」それからドナートは、グレイスにうなずいて合図した。「さあ、行こう」

グレイスは気が進まなかった。あの美しい応接間で社交のおしゃべりをするより、ロレンツォやベニートと一緒にいたほうがはるかにいい。だがそう主張するわけにもいかず、しぶしぶビアンカのあとについて部屋を出た。ドナートの言葉は法だ。誰もが即座にそれに従うのだ。

夕食は予想どおり悪夢のようだった。だがセシーリアの料理の腕は抜群で、メイン料理は新鮮な卵のマヨネーズと細かく削ったパルメザンチーズを添えた、紙のように薄いカルパッチョだった。グレイスがイタリアで暮らしていた時の大好物だ。

そのことと、ビアンカの鷹《たか》のような鋭い視線が手伝って、グレイスは料理をきれいにたいらげた。弱みを見せるわけにはいかない。残念ながら、せっかくのおいしい料理が砂のように味気なかったが。

「そう、面白そうな仕事ね」ビアンカはグレイスのイギリスでの生活について、根掘り葉掘りきいてきた。「ということは、充実した幸せな生活を送っているわけね」

わたしは充実しているとも幸せだとも、言った覚えはないわ。グレイスは無言でビアンカを見返したが、心はすべて右隣の、さっきからほとんど口をきかないドナートに吸い込まれていた。器用な大きな手でナイフやフォークを動かす、ワイングラスを口へ持っていく、冷淡に目を細める……その一挙一動をグレイスは意識していた。なんて堂々としていて魅力的なの？　グレイスは必死の思いで平静をよそおった。そばにいると、彼の魔性のような力で全身がしびれてくる。彼が黒い眉を上げただけで、手足ががくがくと震えだしてしまいそうだった。

「あなたはいつ……戻るの？」ビアンカが平然とした顔でグレイスに尋ねた。言い方は礼儀正しいが、つまりは探っているのだ。

「まだわからないわ」グレイスは短く答えた。

「彼女は当分自宅にいる」ドナートが当然の口調で言った。「しばらくイギリスへ戻る計画はない。さて、全員食事が終わったようだから、デザートに移ろう。アンナがお待ちかねだ」

グレイスは内心考えた。彼の今の言葉は、それ以上の質問はやめろというビアンカへの警告だ。そして自宅という言葉は、わたしへの圧力。彼は自分の意思を巧みにほのめかしたのだ。でも無駄よ。ほのめかしも命令も怖くないわ。わたしの主人はわたし自身よ。自分の行動はすべて自分で決めるわ。

ありがたいことに、ビアンカはそれきり寡黙になった。だが一、二度テーブル越しに目が合い、ビアンカの美しいアーモンド形の目の冷たさに、グレイスは背筋の凍る思いがした。

ロレンツォは口数が少なく食欲もなかった。やせた体をこわばらせ、うつむいて皿ばかり見ていた。食後に消化促進のグラッパが運ばれてくると、グレイスは思い切って椅子から立ち上がった。

「ロレンツォもわたしも、疲れているので」驚くドナートの横で彼女は静かに言った。「もう失礼してもいいかしら」素早く横へやって来たロレンツォの肩を抱きながら、グレイスは思った。今気にかけるべきなのはロレンツォのことだ。ドナートでもビアンカでも、脆弱《ぜいじゃく》な自分の心でもない。

「もちろんだとも」ドナートは即座に立ち上がってグレイスの椅子を片手で引き、もう一方の手で弟の巻き毛をなでた。だが目の表情は硬く、気に入らないと言いたげにグレイスの顔をにらんだ。

あくまでこの調子でいこう、と彼女は思った。やればできる。自分はもう結婚当初の純情で夢見がちなティーンエイジャーじゃない。一年前、打ちひしがれてこの家を去っていった女でもない。わたしはたくましく賢い女に生まれ変わったのだ。周囲の人間を満足させることだけに自分の人生を捧《ささ》げるなんて、そんなのはお断りだ。

「グレイス？」ロレンツォが自室へ向かう階段の途中で言った。「ベニートがビアンカに

言った言葉だけど、あれはベニートのせいじゃないよ。教わったことをただ繰り返しただけ
なんだ」

「あら、あれはそんなに悪い言葉なの？」グレイスは何気ないふりで尋ねた。わずかなイタリア語の知識であれこれ考えてみたが、ベニートの言った単語は聞いたことがなかった。

ロレンツォは複雑な顔でグレイスを見つめたが、やがて決心したように言った。「すごく悪い言葉なんだ」階段の上に着くと、彼はべそをかき始めた。グレイスはひざまずき、小さな体を抱きしめた。

「そんなに気にすることないわ。ベニートには悪気がなかったって、わかってるんでしょう？」

「だって、ビアンカはベニートをよそへやっちゃうって」ロレンツォがしゃくり上げて言う。「ママもそうしたがるって。ねえ、本当にそうなの？」

「そんなわけないわ、ロレンツォ」グレイスは彼の髪をそっとなでた。「あなたのママはベニートのことが大好きだったし、彼を連れてきたのもママでしょう？　ベニートの言葉にいつも笑ってたわ」

「でもビアンカが……」

「彼女は間違ってるの。あなたのママはベニートをとても愛していたわ。そうでしょう？」

「でも、ベニートを一番愛してるのはぼくだよ」ロレンツォは目に涙をため、唇を震わせた。「ぼくたちは親友なんだ。もしベニートがいなくなったら、ぼく……」

「そんなことはありえないわ、絶対に。わたしが約束する。ね、ロレンツォ?」

「でも、ビアンカはぼくとベニートが仲よくするのがいやなんだ。だから、ベニートを捨てるようにってドナートに頼むかもしれない」

「ドナートはそんなこと絶対に承知しないわ。彼はあなたがベニートと仲よくするのが大好きよ。信じられないなら、じかにきいてみたら? さあ、とにかくベッドに入りましょう。疲れてる時って、変にくよくよしちゃうものなのよ」

ロレンツォはシャワーを浴び、縞《しま》の青いパジャマに着替えた。グレイスは彼のベッドに座って、ほほえんで言った。「さあ、いらっしゃい。ベッドに入って目をつむるって約束して。そうしたらお話を聞かせてあげる」

ロレンツォにそうしてやることは、グレイスにとってかつての就眠儀式だった。パオロが生まれてからもそれは続いた。パオロは幼い叔父の隣に寝かされ、上機嫌で一緒にお話を楽しんでいた。

グレイスはその情景を心の奥に閉じ込め、お話を始めた。葬儀を前にしたロレンツォに、なんとかリラックスして眠ってほしかった。

十分ほどしてドナートが部屋にやって来た。ロレンツォは跳ね起きて開口一番に言った。

「グレイスがね、ドナートはベニートをどこにもやらないって言うんだ」自信ありげだがどこか不安げな口調だ。ドナートはグレイスをちらりと見てから、穏やかな顔でロレンツォに言った。

「グレイスの言うとおりだ。ベニートは家族の一員じゃないか。そんなベニートをどこかへやるわけがないだろう？　たしかに彼にはいろいろと手を焼かされるが……」ロレンツォがほっとした顔になった。「どんなことがあろうと、手放すようなことはしないよ。ロレンツォ、ぼくを信じるんだ」

「信じるよ、ドナート」ロレンツォはしっかりと答えた。わたしも同じことを言ったけど、こんなに効果はなかったわ、とグレイスは思った。「あのね、グレイスは魔法のレーシングカーを持ってる男の子の話をしてくれてるんだ」ロレンツォは車がとにかく大好きだ。

「ドナートも聞きたい？」

「彼女の許しが出れば」ドナートがまっすぐグレイスを見た。彼女はうっすらと笑い、うなずいた。昔と同じ光景。過ぎ去った過去の再現。

「もちろんよ」グレイスはドナートのきらめく視線を一瞬受け止めたあと、ロレンツォに言った。「先にお祈りをすませる？　そうすればいつ眠っても大丈夫よ。疲れてるんでしょう？」

「そうする」ロレンツォがうなずいた。ドナートはベッドの向かいの椅子に座って長い脚を組み、グレイスの顔をじっと見つめた。ロレンツォが主の祈りを始め、最後にこうつけ加えた。「主よ、どうかぼくのママをよろしくお願いします。ぼくが寂しがってるってママにお伝えください。でもぼく、パオロが一人じゃなくなって嬉しいです。彼はだっこしてもらうのが好きでした。これからはママがずっとだっこしてあげられます」

あどけないお願いごとはまだ延々と続いたが、グレイスはドナートのほうをじっと見ていた。彼はパオロの名を聞いたとたん立ち上がり、窓辺へ歩いていった。そして外の庭園を見つめながら、大柄な体をこわばらせた。

グレイスがロレンツォにお話を聞かせている間も、ドナートは無言のまま身動き一つせず、窓辺に立ちつくしていた。やがて少年の規則正しい寝息が聞こえてくると、グレイスはドナートの名をそっと呼び、振り向いた彼に部屋を出ようと合図した。

二人で薄暗い廊下に出ると、グレイスは急に心もとなくなった。ロレンツォを夕食の席から救い出した勇敢な女性は、いったいどこへ行ったのだろう。「ベニートのこと、ありがとう。ロレンツォはあなたに約束してもらってほっとしたみたい。ベニートは彼にとってオウム以上の存在だから」

「あのオウムは誰にとってもオウム以上の存在だ」ドナートは素っ気なく言った。

「ええ。ベニートの今日の行動は自己防衛よ」

「ほう」ドナートは向かいの壁にもたれ、たくましい胸の前で腕組みをしてグレイスを見つめた。「きみも同じ意見なのか。ぼくも、ベニートはビアンカに向かって、わざとああ言ったんだと思ってる。彼は人間そっくりだ」

「でもベニートは責められないわ。ビアンカは言われて当然のことをしたんだもの」

「まあね」ドナートは体を起こし、興味深げな声で言った。「ベニートの言葉は実行不可能ではあれ、ロレンツォに聞かせたくはないね。だがあのオウムが、犯した罪以上に非難されてることは確かだ」

「ええ、そのとおりよ」彼のシェイクスピアからの巧みな引用に、グレイスは嬉しくなった。

「ぼくがそうは思っていないと心配してたのか?」

「とんでもない。あなたがロレンツォを動揺させるようなことをするはずないわ」グレイスはすぐに否定した。「だって、あなたはロレンツォをよく理解して……」突然ドナートが前に進み出て、グレイスの真正面に立った。

「だが、きみのことは理解できない」彼は無表情で言った。「しばらくこの家を離れたかったのはわかる。ここでの悲しい思い出やぼくから、少しの間逃れたかったんだろう。ところが一年たっても傷が少しも癒えないのは、いったいどういうわけだ?」

「癒えるはずないわ。過去は忘れられない」

「グレイス、過去と一生をともにすることはできない。殻に閉じこもったまま生きることはできないんだ。ぼくがそんなことはさせないよ」

「一緒に過去の出来事について話そう。辛くてもそうしなければ。傷には荒療治も必要
……」

「ドナート……」

「いや！」あなたとマリアとの情事のことなんか、一緒に話せるわけないでしょう。孤独と絶望に苦しみながら、ようやくあなたのいない生活に慣れたというのに、そのわたしを、裏切り行為の弁明もそこそこに自分のベッドに引き戻すつもり？　男の身勝手な欲望だけのために。

「今さらあなたに言いたいことなんてないわ」

「そんなせりふは通用しない」ドナートは冷ややかで厳しいヴィトーリア家の口調になった。「きみは三年間ぼくと暮らしていた。ぼくが自分のほしいものを必ず手に入れることは、知っているはずだ。そしてぼくはきみを手に入れた。その権利を放棄する気はさらさらない。きみはそれを理解すべきだ」

「あなたにはなんの権利もないわ。自分でそれを放棄したのよ。裁判所もきっと……」

「ドナート？」ビアンカの冷えた鉄のような声が響いた。「どうかしたの？　ロレンツォはどう？」

「くそっ！」ドナートはビアンカの階段を上がってくる足音を聞きながら、グレイスの紅

潮した顔を見た。ビアンカの姿が視界に入った瞬間、グレイスは慌ててドナートから離れ、一歩あとずさった。彼の鋭い射るような視線に、自分の体の奥の震えを悟られないよう祈った。彼は洞察力が鋭い。以前は自分のことをなんでもわかってもらえるのが嬉しかったが、今は危険以外の何ものでもない。

グレイスは気力を奮い起こし、ビアンカのほうへ歩み寄った。二人を見て足を止めたビアンカは、グレイスに一瞬鋭い視線を向けたあと、けなげなあどけない表情をつくろった。

「わたしたち、心配してたのよ」きれいにマニキュアをした細い指で、ビアンカは夫のいる階下を示した。「ロレンツォはおなかが痛かったみたいね。ほとんど食べなかったわ。かわいそうに」

「腹痛のせいじゃない」ドナートの声がグレイスの背後から冷たく響いた。「ベニートのことを心配していたんだ。いいかビアンカ、きみの意見には断固反対だ。ベニートはこの家から絶対に出さない。ぼくがそう決めたんだ。いいね？」

「もちろんよ」ビアンカはさも驚いたように目を見張った。「わたし、べつに本気で言ったわけじゃないのよ。ただロレンツォの健康と道徳上の影響を気づかっただけ。だって、あんな猥褻《わいせつ》な言葉を聞かせるのはよくないもの。そのことはロレンツォにもはっきりわからせなくちゃ。そうでしょう？」

「ロレンツォがああいう悪い言葉を耳にするのは、生きていく以上仕方ないだろう。まあ、とにかくきみの考えはわかった。あの言葉を教えた張本人には厳重に注意しておく」その辛辣《しんらつ》な口調にグレイスは庭師が哀れになった。「これでこの話は終わりだ」最後通告だ。ビアンカは一瞬暗い表情になったがすぐに気を取り直し、ドナートの腕を取ってぎこちなくほほえんだ。

「内輪もめはもういや」彼女はしおらしい顔で静かに言った。「わたしは、ロレンツォにママから教わった価値観を忘れずにいてほしいの。彼がヴィトーリア家のしきたりにそって、たくましくまっすぐ成長することをひたすら願ってるの。ママは彼をとても愛していたわ。それだけに、ロレンツォに対してなんだか責任を感じるのよ」

うまくごまかしたわね。グレイスは並んで歩くドナートとビアンカのあとから階段を下りつつ、内心舌を巻いた。ビアンカはドナートの腕をしっかりつかんでいる。さすがのドナートも、それを振りほどくような無作法はできないだろう。

グレイスは、ビアンカがほかの人間のために一瞬でも心を痛めることなど、ありえないと思った。ベニートを追っ払うための口実を、なんとかドナートの心に植えつけようとしただけだ。が、それは失敗に終わった。怒りはこちらへ向けられるだろうが、かまわない。ビアンカと仲よくしようという努力は一年前に終わったのだ。ビアンカが、嬉々《きき》として毒気を含む言葉を投げつけてきた時に。

ドナートは玄関ホールで立ち止まり、振り返ってグレイスが追いつくのを待った。「一緒にコーヒーでもどうだ?」淡々として言った。

「わたしも疲れてるの。できれば遠慮させてもらいたいわ」

「わかった」彼はよそよそしい表情で言った。「おやすみ、グレイス」

彼が背を向けるのと同時に、ビアンカが振り向いた。彼女もおやすみと言った。口調は明るかったが、顔には冷酷さが満ち満ちていた。

5

「二週間……」とグレイスはつぶやいた。彼女は結婚に際してドナートが選んだ大きなベッドに横たわり、風に揺らぐカーテンの光のダンスをぼんやりながめていた。イタリアへ来て二週間。苦悩と喜びが交錯する複雑でほろ苦い毎日。葬儀でのロレンツォはびっくりするほど大人だった。けなげに凛然《りんぜん》と悲しみに耐えていた。ドナートの言うとおり、ロレンツォを葬儀に参列させて正解だった。

ドナート……グレイスは寝返りを打った。興奮と不安ですっかり目が冴《さ》えてしまった。まだ早朝だが彼女は仕方なくベッドを出た。

ドナートはわたしがここに再び戻って以来、最初の日こそ欲望をあらわにしたが、それ以降はずっと冷淡だった。でもいいのよ、それで。グレイスはそう自分に言い聞かせて浴室へ入り、シャワーを浴びた。肌はこの二週間ですっかり日に焼け、蜂蜜《はちみつ》色に変わっている。ひんやりしたシャワーの水が、そのなめらかな肌から滑るようにしたたり落ちていく。ドナート……彼女は心の中でつぶやいた。

その雑念を振り払うように、グレイスは勢いよく力をこめて髪を洗った。彼を髪から洗い流そう……昔、たしかそんなタイトルの歌があったわ。本当にそれができたらどんなにいいだろう。

朝食まではまだだいぶ時間があるのでバルコニーに出た。そして五月の暖かい日差しの中、寝室の冷蔵庫にあった冷たいミネラルウォーターを飲んだ。昨夜、彼女はドナートから例のよそよそしい口調でロレンツォと一緒にドライブに誘われた。アマルフィに住む友人夫妻を訪問しようと。彼らのところにはロレンツォと同じ年ごろのジュゼッペという男の子がいる。彼に会えると聞いてロレンツォは大喜びしたので、グレイスは断るわけにいかなかった。だが内心では、ドナートと一日中一緒に過ごすことに、大きな違和感を覚えていた。

はたから見れば当たり前のことでしょうね。わたしたちは一応は現在も夫婦なんだもの……グレイスは澄みきった青空を仰ぎ、思い出をたどりそうになった心に慌ててブレーキをかけた。近ごろは毎晩のように、幸せだったころのさまざまなシーンを夢に見ては苦しんでいる。突っ走る自分の意識にどうしても歯止めがかからない。

なぜ彼はこんなにも魅力的なの？　グレイスは打ちひしがれた思いになった。でも彼の魅力は単なるセックスアピールだ。磁力と同じで、その奥には何もない表面的なものだ――そう思って気を取り直し、デニムのジーンズとノースリーブのシャツという、真っ白な上下に着替えた。

が、朝食室へ入ってドナートの姿を見ると、グレイスの胸はたちまち高鳴りだした。長身の彼はカジュアルなジーンズとシャツの黒一色で、褐色の肌に渋さが増し、筋骨隆々とした力強い体の線が強調されていた。

グレイスは彼の黒い情熱的な瞳に見据えられ、思わずどぎまぎした。「お、おはよう」

「純粋無垢《むく》な乙女だ」

「えっ?」並んだ料理のほうへ行きかけて、グレイスははっと足を止めた。聞き間違いかしら。

「今朝のきみの印象だよ」ドナートは読んでいた新聞を脇《わき》にのけ、グレイスをまじまじと見た。「処女を思わせる純白のよそおいだ」

彼の目に欲望がちらついている。初めて愛を交わした夜のことを思い出しているのだ。

グレイスは体をこわばらせ、そっと深呼吸した。

「外見はあてにならないわ」すました顔で答えた。「いくらなんでも、子供を産んだわたしに処女や乙女はないでしょう?」

グレイスにとって、パオロのことを平然と口にするには相当な勇気がいる。けれども、そうするごとに気持が楽になっていくのも事実だった。

ドナートの視線に同情の色が加わった。グレイスは泣きだしそうな弱い自分に必死に応戦した。「あなたも言ったでしょう。わたしが変わったたって。以前知っていた女とは別人だって。そのとおりよ。わたしはもう元には戻らないわ」彼女は挑むように彼を見つめた。

「たしかに、以前のきみはそんなにとげとげしくなかった」彼の不快げな口調に、グレイスは満足感を覚えた。専制君主のドナート・ヴィトーリアには意地でも反抗を続けるのだ。気弱になった時は、長い黒髪と薄茶色の瞳のマリアを思い出そう。

「前にも言ったけど、わたしは一年前にイギリスへ帰って、生活を一からやり直したのよ。だから、今は自分の望む人生や方向性が、はっきりわかっているの」グレイスはかたくなに言ったが、ドナートは冷たくせせら笑った。

「そんな女は、普通の男にとってはおぞましい限りだよ。が、あいにくぼくは普通の男じゃない。きみも知ってのとおり、あどけない子猫より爪を立てて向かってくる雌猫のほうが好みなんだ」

「あなたの好みなんか興味ないわ」

「そうかな？　まあいい、そろそろロレンツォが来る。この刺激的な会話は次回に持ち越しだ」

「次回なんてないわ」グレイスは赤くなって言い返したが、ドナートは軽く眉を上げ、ちょうど部屋に入ってきたロレンツォを笑顔で振り返った。

「ジュゼッペに会えるのが楽しみだろう？」ドナートは弟に朗らかに言った。さっきまでの冷然とした表情とは大違いだ。「おいおい、一日じゃなくて一週間のつもりかい？」ロレンツォは両手で大きな旅行バッグを抱えている。

「コンピューター・ゲームが入ってるんだ」ロレンツォは意気揚々と答えた。「ジュゼッペのゲーム機につないで、一緒に遊ぶんだ。それと、ぼくの新しい車の本と兵隊の人形と……あ、おはよう、グレイス」ようやくグレイスに気づき、満面に笑みを広げて言った。「その服、すごく似合うよ」

「ぼくもそう言ったところだ」ドナートが横から涼しい顔で言った。「ところでロレンツォ、水着も入れただろうね。ジュゼッペの家のプールで泳ぐんだよ。その間ぼくとグレイスはサレルノへ出かけようと思っている。前々から計画していたんだが、なかなか行けなくてね。あの中世そのままの町を、ぜひグレイスに見せてあげたいんだ。どうだ、いい案だろう、ロレンツォ？」

ロレンツォは熱心に賛成した。グレイスはまさかロレンツォの前で行きたくないとは言えず、しぶしぶドナートの意見を通してしまった。ロレンツォが皿に料理を取りに行くと、グレイスは平然としているドナートの顔を思いきりにらみつけた。

まるで怪物だわ。グレイスは正面にいるドナートを意識しながら、新鮮なグレープフルーツとトーストを口に運んだ。なんて傲慢《ごうまん》で鼻持ちならない男なんだろう。自分がこんな人に恋をしたなんて、信じられないわ。

グレイスがそっと顔を上げると、ドナートは彼女の内心の痛烈な批判を読み取ったかのように不敵な笑みを浮かべていた。グレイスは苦々しい思いで唇を噛《か》み、黙々と食べ続けた。二度と顔を上げる気にはなれなかった。

彼女はトーストの最後の一口をのみ込み、コーヒーカップに手を伸ばしながら、今日の彼は服を着てくれているだけ助かったわ、とひそかに思った。あれは葬儀の翌朝のことだ。彼女が朝食室に入ると、ドナートは普段の習慣どおり丈の短いシルクのローブ一枚で座っていた。

ひもをおざなりに結んだだけのゆるい襟元から、胸毛におおわれた胸の筋肉がのぞいていた。グレイスがおずおずと視線を上げると、ドナートの満足げな冷たい目とぶつかった。彼女は脚がわなわなと震えだし、立っているのがやっとだった。服を着ていても精悍《せいかん》さみなぎる彼が、薄いローブ一枚なのだ。その日の朝食は、グレイスにとって拷問に等しかった。

「九時ごろに出発しようと思うんだが、都合はいいかな？」ドナートは穏やかな口調で言ったが、グレイスの顔を見つめる目は葬儀の翌朝と同様、熱くきらめいていた。

グレイスがこの家に到着した日の夜を境にドナートの態度は一転してよそよそしくなった。演技だろうか。もしそうだとしたら理由はなんだろう。じらして楽しんでいるのだろうか。つれない態度と情熱的な態度を交互に繰り返す彼特有のゲームだ。でもその意図はいったい何？　グレイスは彼のことが理解できないし、理解したいとも思わなかった。

九時になってグレイスが玄関から外に出ると、ドナートが白いＢＭＷの横に立って颯爽《さっそう》と待ちかまえていた。ロレンツォはすでに大きなバッグと一緒に後部座席におさまっている。

明るい陽光の下でくっきりとコントラストをなす、白い車と黒い服のドナート。一瞬めまいを覚えたグレイスは、慌ててまばたきした。

「グレイス？」ドナートが歩み寄ってきて彼女の腕を支えた。「どうしたんだ？　顔が青い」彼の手のぬくもり、なつかしいアフターシェイブ・ローションの香り。グレイスははっと我に返ったが、頭の中の警鐘は鳴りやもうとしない。自分が猛獣に追いつめられた小動物のように思えた。

「ちょっと立ちくらみしただけ」ほほえもうとしたが無理だった。「熱気のせいね。雨のイギリスからこっちへ来て、まだ体が順応してないのよ」

「家に残るかい？」ドナートの問いに、グレイスはイエスと答えたかった。だがロレンツォが、車の窓から心配げにこちらを見ている。自分の感情より彼のほうが優先だわ、とグレイスは思った。

「いいえ、もう大丈夫」今度は笑顔が出た。「ロレンツォをがっかりさせたくないわ。せっかく元気になってきたところだもの。子供ってほんとに立ち直りが早いわね。そう思わない？」

ドナートは無言でグレイスを見つめた。彼女の言葉の裏にある意味を素早く悟り、鋼のように冷たい声で言った。「彼にはまだきみが必要だよ、グレイス。わかっていて下手な芝居はよすんだな。きみはただ逃げ出せずにいるだけだ」

「失礼ね。わたしはここへ自分の意思で来たのよ。しかも、イギリスでの生活を中断して、ロレンツォのために滞在予定を延ばしてるのよ」

「それには感謝している」

「だったら、わたしが喜んでここにいるなんて思わないで。あなたなんか大嫌いだわ」ふいに、ドナートの氷のような黒い瞳に苦痛がよぎったように見えた。光線のいたずらだろうか。

「声を小さくして」彼が低い声で言った。「ロレンツォに聞こえたらどうする。感情的になって彼を動揺させるのはやめてくれ。ぼくをどう思おうと勝手だが、それをロレンツォに知られるのは困る。それぐらいはきみにもわかるはずだ、グレイス」彼は小さな子をたしなめるように言った。

グレイス自身も、自分が年端のいかない少女に思えた。ドナートの言うとおりだ。思わず取り乱してしまった。ロレンツォの視線をさえぎるように立ってくれていたドナートに、感謝しなければ。グレイスは唇を噛んで気持を静めた。

自分をコントロールできないなんて、あまりに情けない。「ごめんなさい。少し言葉が過ぎたわ」

グレイスは小さな体で弱々しく唇を震わせ、目を混乱に曇らせた。ドナートは突然彼女を抱き寄せ、低く柔らかな声で言った。「きみは自分で自分を苦しめているんだ、ぼくのおちびさん《ミア・ピッコーラ》」

彼はすぐに体を離し、落ち着いた態度でグレイスを車に促した。助手席に乗り込んだ彼女は、自分が震えていることに気づいた。怒りのせいだけではなかった。

彼女はドナートを、彼の肉体を求めていた。カーサ・ポンティーナでの暮らしが長引くにつれ、その思いがますますつのってくる。彼の存在を意識するだけで、感情が麻痺《まひ》してしまう。

ああ、彼の手や唇を、全身で受け止めたい。彼の愛撫《あいぶ》に震えながら、そのたくましい体にすがって絶頂へとのぼりつめたい。この二週間、夜も昼もその感情と闇雲《やみくも》に闘い続けてきた。

しかも、ドナートとマリアが情熱的に肉体を絡ませ合うシーンが脳裏から離れない。彼はマリアにも愛してるとささやいたの？　もちろんよ。そんな自問自答を繰り返しては、苦しみ悶《もだ》えた。

アマルフィへの車中、グレイスはほとんど口をきかなかった。だがドナートとロレンツォが陽気に会話を交わしているおかげで、彼女の沈黙はあまり目立たなかった。ドナートが時折こちらをうかがうのがわかったが、グレイスは移り変わる車窓の風景にじっと目を凝らしたまま、自分の感情と懸命に闘っていた。

彼女はロレンツォと陽気に笑い合っているドナートが、恨めしく思えた。きっと悩みなど一つもないのだろう。それに引き替え、わたしはこんなにも神経が張りつめて……どうして？　裏切ったのは彼なのに苦しんでいるのはわたしだわ。人生ってどうしてこう不公平なの？　グレイスはみじめな自己憐憫《れんびん》に陥った。

車はやがてアマルフィの町に入り、ドナートの友人のアレッサンドロとアニタの夫妻が住む瀟洒《しょうしゃ》なヴィラに到着した。夫妻とその子供のジュゼッペ少年とは、グレイスも何度か会ったことがある。みんな気持のいい人たちばかりだ。が、中庭を葉の茂るマグノリアや夾竹桃《きょうちくとう》の木陰へと進むと、ほかにもう一人いることに気づいた。

「エマヌエーレだよ」挨拶《あいさつ》が終わると、ドナートがアニタの腕から生後六カ月の男の子を受け取って言った。「愛称はマヌエーレだ」ドナートは赤ん坊を抱き、ショックで茫然《ぼうぜん》としているグレイスをじっと見つめた。「さあ、来てごらん」

これが、あなたのねらいだったのね。そう思いながらもグレイスは、赤ん坊を差し出されてとっさに両手を開いた。パオロの死以来、呼吸を止めたパオロを泣きながら抱きかかえて以来、グレイスは辛《つら》くて赤ん坊に触れることができなかった。

アニタが二人の少年をせき立てて家の中へ向かうと、グレイスは赤ん坊を抱いたまま、ドナートと静寂の中に残された。彼に促されてクッションつきの大きな籐《とう》椅子に座り、ひざの上ですやすや眠っている赤ん坊をじっとながめた。カールした濃いまつげ、ふくよかな頬とあご、もみじのような手、透き通った爪。なんて美しい赤ん坊だろう。おお、パオロ……。

「ぼくらも、またいつか彼に会える」ドナートが低くかすれた声で言った。グレイスが顔を上げると、彼の目にも涙が浮かんでいた。

「本当にそう信じてるの?」

「もちろんだとも」ドナートは、赤ん坊の額の黒い巻き毛を優しくなでた。「いつの日かぼくらは再び結ばれる。人生はほんの一瞬のきらめきだ。大事なのは今をしっかり生きることだ」

「わたしが生きていないと言いたいの? それでこんなことを?」

「そうだ」彼は嘘《うそ》や言い訳はなく、あっさりと認めたが、両脚は震えていた。彼にとっても賭《かけ》だったのだと、グレイスは思った。

優しさゆえに残酷な人。あなたは自分が正しいと思ったことは、どんな無謀なことでもためらわずに実行するのね。グレイスは黙って座ったまま、赤ん坊のにおいや感触をじっくり味わった。アニタがコーヒーのトレイを手に戻ってくるまで、ドナートはもう何も言わなかった。

「ほんとに昼食はいいの？」数分後ドナートがグレイスを促して立ち上がると、アニタが言った。

「今回はね」ドナートはほほえんで答えた。「夕食の時間には戻るよ。その時にはアレッサンドロにゆっくり会えるだろう。彼は相変わらず忙しいね」

「ええ、毎度のことよ」アニタはあきらめ顔で肩をすくめた。彼女はマヌエーレを抱いて、二人を車のところまで見送りに来た。

パオロに似た明るい目の黒髪の赤ん坊を見て、グレイスは胸の奥が痛んだ。けれどもそれは以前の焼けつくような苦痛ではなく、せつない感じだった。車が角を曲がってヴィラが見えなくなると、彼女はドナートのほうを向いてそっときいた。「こうやって途中で出てきた理由はマヌエーレなの？　わたしが辛くて耐えられないと思ったの？」

彼は一瞬グレイスに振り向き、すぐにまた前を向いた。「それもある」冷静で慎重な口調だ。

「だったら最初から来なければよかったのに」

「ロレンツォを同じ年ごろの子と遊ばせたかったからね」ドナートは無表情のまま答えた。

「それに、今はタイミングとしてちょうどいい」

「なんのタイミング？」グレイスはドナートのりりしい横顔を不安げに見つめた。

「マヌエーレのことも含めて、いろいろだ。さっきも言ったように、アニタたちのところで一日過ごそうと思った理由はマヌエーレだけじゃない」彼は静かに燃える目でグレイスの青ざめた顔を見つめた。「何も思い当たらないのかい、ミア・ピッコーラ。考えてごらんよ、ぼくがきみと二人きりになりたがるのは当然だろう。ぼくらは夫婦なんだ」

「やめて」彼の勝ち誇った口調に、グレイスは怯《おび》えた。「そんなこと言わないで」

「だが事実だ。きみにはあいにくだが、ぼくは今もきみの夫なんだ。そしてぼくたちはこの一年、互いに離れればなれに暮らしていた」

「それはあなたのせいよ！　あなたが……」

「待った。それ以上言わないでくれ。きみとの口論に時間を費やしたくない。だから今日はとりあえず……休戦としよう」

「休戦？」グレイスはひざの上で両手を握り合わせた。心臓の鼓動が激しく鳴っている。休戦状態で彼と過ごすなんて危険だ。彼ではなく自分が怖い。防御を解いてしまいそうな自分が！

歯がゆい思いと同時に怒りがこみ上げた。あの確固たる自信はどこへいったの？　ドナートは、わたしの心の内はすべてお見通しだとばかりの態度だけど、うぬぼれないでほしいわ。二人の関係はもう終わったのよ。ロレンツォのためでなかったら、休戦協定なんかつっぱねるところだわ。

「わかったわ」グレイスはめまいを覚えながら答えた。「今日のところは休戦。友達でいましょう」

「友達？　ほかにもあるだろう、ミア・ピッコーラ」彼は前方を向いたまま笑った。「まあいい。話は終わりだ。どこかで昼食をとってからサレルノの町を案内しよう。そのあとは隠れ場へ行って真っ青な海で泳ぐんだ。どうだい、楽しみだろう？」

グレイスは無言だった。このほてった体を今すぐにでもサファイヤのような海で冷やしたい。でも隠れ場だけは絶対にいや。ドナートは以前から、ひっそりとした小さな浜を見つけるのが得意なのだ。しかも二人は泳いだあと、温かい砂浜に横たわり紺碧《こんぺき》の空の下で……。

「だめよ、泳ぐのはやめにしましょう。水着もタオルもないし、夕食までにアニタのところに戻るんでしょう？」グレイスは息せききって言った。

「ところが水着とタオルはちゃんと用意してあるし、時間もまだ充分にある。ま、とりあえず昼食とカテドラル見学が先だ。十三世紀初頭に建てられたロマネスク様式の鐘楼はなかなか圧巻だよ。教会内の絵画も大いに一見の価値ありだ」彼は平然と答えた。

グレイスはドナートの端正な横顔を盗み見た。彼のねらいは、わたしにサレルノの中世建築を見せることより海で泳ぐことなんだわ。

二人は古風な路地ぞいの小さなカフェで昼食をすませ、さっそく観光に繰り出した。ドナートの行き届いたガイドのおかげで、グレイスはいつの間にか気分が浮き立っていた。だが両脇に雄々しいライオンが鎮座する大きなアトリウムをくぐりながら、ふと不安を覚えた。一時的な休戦なら応じられる。でも無期限の休戦は……。

午後の熱射の中を車に戻ると、グレイスは海で泳ぐことに反対する気が失《う》せた。太陽はぎらぎらと照りつけ、ビルや道路の熱気が五月初旬とは思えないほど強烈だった。ここ数日間の異常気象による熱波で、真夏並みの熱さだ。

ドナートは普段どおり涼しげな表情だが、グレイスは車内のサウナのような暑さにげっそりした。

「あなた、暑くないの？」運転席に乗り込んできた彼に言った。「まるでオーブンの中にいるみたいだわ」あなたは自分自身だけでなく、状況や天気まで意のままにできるのね。わたしの立場を平気で無視するわけだわ、とグレイスは思った。

「イギリス人の肌が軟弱なせいだよ。もっとも、順応する時間もなかっただろうが」

「まったくだわ。でもイギリスに戻ったら、今度はこの暑さが恋しくなるでしょうね。向こうはきっと雷と雨だもの」

「だろうね。走りだせば多少涼しくなるだろう」ドナートは無表情に言い、エンジンをかけた。

わたしが近いうちにイギリスへ戻ることを、承知したっていうこと？　グレイスは自分の中に安堵《あんど》感が広がるのを待った。が、やって来たのは、苦痛と抵抗感だけだった。

ああ、なんてことかしら。スピードを上げる車の中で、グレイスは暗澹《あんたん》たる気持になった。わたしは何を期待してるの？　将来への口約束？　きみなしではいられないという、彼のしらじらしい言葉？　マリアのことは間違いだったという彼の謝罪？

車はサレルノをあとにし、海岸ぞいを進んだ。グレイスはひざの上で両手を固く握りしめていた。ドナートは誇り高く明敏で、鉄のような自制心と強力なセックスアピールの持ち主だ。女性は蜜《みつ》に集まる蜂《はち》のように彼に惹《ひ》かれる。そんな彼が、わたしにそばにいてくれと懇願する必要があるだろうか。ほしい女はいつでも手に入れられるのに。

グレイスはため息をついた。マリアがいなければ、ドナートは別の誰かを愛人にしただろう。美しく洗練された女性を。彼はそういう男なのだ。

「白雪姫に登場する七人の小人の中に、一人気難し屋がいただろう。きみは、あのグランピーそっくりだ」物思いにふけっていたグレイスは、はっと我に返った。「どうしてそんなしかめ面をしてるんだ、ミア・ピッコーラ？」

そんなふうに呼ばないで！　グレイスはそう言いかけてやめた。平然としていよう。彼の魅力など全然受けつけないふりをするのだ。彼の巨大なエゴをこれ以上膨張させたくない。

「何かぼくがまずいことでも？」

「あら、あなたが？」けろりとした顔で言ったが、少しわざとらしい口調になった。「違うわ。別のことを考えてたのよ。いいお天気だもの」

「口をへの字にしてかい？　キスを待っているような唇で。きみのキスは天にものぼるほど……」

「やめて！」グレイスは怒って叫んだが、ドナートは素知らぬ顔で続けた。

「そして、きみの肌はなめらかで柔らかく、甘い蜜の香りにあふれていた。ぼくは毎朝その香りの中で目覚め、眠っているきみの体に触れた。するとぼくの手の中で、きみは熱く潤って……」

「やめてって言ってるでしょう！」グレイスは頬を熱くほてらせ、冷たいドナートの横顔をにらみつけた。いったいどういうことなの？　指一本触れず、ほんの二言、三言でわたしの感情をかき乱してしまうなんて。

彼はまさに超一流の戦略家だわ。過去に二人が互いにむさぼり合った情熱と快感を、わたしの心のスクリーンに再現させようとしている。そうすることで、わたしの秘められた欲望を一年ぶりに駆り立てようとしている。神様、どうかわたしを助けて！　グレイスは心の中で悲痛な叫び声をあげた。わたしの体は頭のてっぺんから爪先まで、今も彼を求めているんだわ！

「なぜこの話題を避けたがるんだ？」彼は低い声で言った。「きみは、自分の正直な反応を恐れているんだ。ぼくとの間に高い塀を立てて、欲望を隠そうとしているんだ。だからだろう？」

「肉体だけが男女の絆《きずな》じゃないわ」

「結婚のことか？　だったらぼくはきみの夫だ」

「違うわ！」ドナートが一瞬振り向いた。その鋭い視線に、グレイスは雷に打たれたようなショックを受けた。「違うわ」力なく繰り返した。

「いいや、違わない。きみはぼくがほしいんだ。ほしくてほしくて、たまらないんだ」

「もうやめて。今日は休戦のはずよ」

「そうだ」彼はちらりとほほえんだ。「だから自分の体には手を出すな、そう言いたいんだろう？」

「ええ、そうよ。約束して」

「いいだろう」車は幹線道路をはずれ、曲がりくねった細い道に入った。大型のＢＭＷで大丈夫かしらとグレイスは思ったが、ドナートは巧みなハンドルさばきで進んでいく。やがて前方に小さな入江が現れた。青い海の前に火山灰の砂浜が伸びている。

「まあ」グレイスがきらめく水晶のような海からドナートに視線を戻すと、彼は目を細め、無表情で彼女を見ていた。「きれいだわ。夢みたい」

「しかもプライベート・ビーチだ」彼は冗談混じりに言い、車を降りて助手席側に回った。

「さあ、早く降りて。あまりのんびりしてはいられない。アニタが夕食を用意してくれてるからね」

だから言ったじゃないの、とグレイスは内心思ったが、今はそれどころではない。ああ、どうしよう。これから彼が迷惑にも用意してくれたビキニを着るのだろうか。彼はすでにシャツを脱ぎ始め、たくましい胸をはだけている。

わざとやってるんだわ。ブロンズのような裸体をわたしに見せつけてるのよ。そう思いつつもグレイスは、目をそらすことができなかった。

「グレイス？」ドナートは、背筋がぞくりとするような穏やかな声で言った。

「えっ？」グレイスがぼんやりした目を向けると、彼は面白がるような表情で言った。

「着替えないのかい？」

「あ……ええ、着替えるわ。今すぐ」

グレイスは震える脚で車を降りると、ドナートの前をかすめるように通って、後部座席から荷物を取った。ドナートの彫刻のような裸体を背中で意識していた。引きしまった腹部とその下の……彼はわたしをほしがっている。わたしに性欲を感じている。だめよ、絶対に引きずり込まれてはだめ。

グレイスはバッグの底から黒いビキニと二枚のふかふかのタオルを取り出し、振り向かずに言った。「あなたの水着がないわ」

「誰か来たらどうするの？　そんな格好で……」

「当然だ。入れなかったから」

「えっ！」グレイスは驚いて振り向いた。「誰か来たらどうするの？　そんな格好で……」

「誰も来ないよ、グレイス。ここは私有地の中だ。持ち主はこの先の行き止まりにある家の人間で、ぼくの部下だ。財務部のね」彼は餌食《えじき》を前に舌なめずりする猛獣のように笑った。「しかもこの入江に通じる道はここしかない。だから心配は無用だ」

初めから仕組んだことなのね。初めから、わたしをこの誰もいない小さな入江に連れてくるつもりだったのね。いいわ、あなたがそういう魂胆なら思い知らせてあげる。自分の魅力がどんな女性にも通用すると思ったら大間違いよ。

「あら、そう」グレイスは笑みを浮かべて言った。「だったら問題ないわね」

「そうとも」彼は平然と答えた。「よかったら、きみも裸で泳いだらどうだ？」

「遠慮しておくわ。ところで、着替えたいから一人にしてもらえないかしら」

「いいとも。先に海へ行ってる。ただし、待たせるようだったら力ずくで引きずり下ろしに来るよ」

「ええ」助けて、助けて、助けて。心が狂ったように彷徨《ほうこう》を始める。グレイスは車のドアの陰で素早くジーンズと下着を脱ぎ、黒いビキニをつけた。

どうしてこんなに動揺してるの？　ドナートに今さら裸を見られるのが、そんなに恥ずかしいの？　変よ、わたし。結婚したてのころのほうが性に対してずっと大胆だったわ。

着替え終わって車を離れ、彼女は砂浜を見下ろした。誰もいない。きらめく青い海面にドナートが一人浮いている。グレイスはさらさらの熱砂の上を波打ちぎわへと走った。足首が一瞬ひんやりしたが、腰のあたりまでつかると海はもう温かかった。

グレイスは海の中での心地よさを久しぶりに味わいながら、細かい波間をゆったりと泳いだ。すると横の海面に突然ドナートが顔を出し、グレイスをしっかりと抱きかかえた。彼女は驚いて塩からい水をがぶりと飲んだ。

「黒いビキニの人魚だ」彼はほほえんだ。「さあ、あそこの大きな岩まで競争だ」二十メートルほど先に、波が静かに打ち寄せる突き出した岩が見えた。「勝者には賞品が出る」

「ドナート……」

彼は水に潜って力強く泳ぎだし、数メートル先で再び海面から顔を出した。「さあ、早く来るんだ。肩車してほしいのか?」ちゃかすように言った。

グレイスが岩に到着すると、彼はすでに、太陽にぬくもった岩の上で休憩していた。たくましい肢体をおおう体毛には、水の滴がダイヤモンドのように光っている。「真剣に勝負しなかっただろう。だが勝ちは勝ち、ぼくは賞品をもらう」

「何を?」グレイスは立ち泳ぎしながらきいた。

「きみだ」ドナートはいきなり彼女を引っ張り上げ、岩の上に押し倒した。「前からほしくてたまらなかったんだ」

「やめて」もがいたがどうしようもなかった。平たいなめらかな岩に、両手をがっちりと押さえつけられている。「いや！」

「嘘だ」ドナートは高まる興奮を抑えるように、深くゆっくりと息を吐いた。「きみはぼくがほしい。ぼくらは互いに求め合っている。そうだろう?」

「いいえ、わたしは……」その言葉は彼の唇にさえぎられた。勝ち誇ったようなキスだった。彼は全身に欲望をみなぎらせてグレイスの唇をむさぼり、舌先を閉じたまぶたや腕にはわせた。

　グレイスの胸は彼の体毛にくすぐられ、赤いつぼみが固くなった。彼はビキニをはぎ取ると、乳房を両手でそっと包み込んだ。グレイスの全身を快感が貫き、彼女は激しくあえいだ。

「グレイス……」唇が激しく重なり合った。グレイスの体に彼の震えが伝わる。彼の屹立《きつりつ》した下半身が、熱く脈打っているのがわかる。グレイスは彼がほしかった。彼が必要だった。今まで以上に彼を愛して……。

　ドナートの手が下半身に伸びた瞬間、グレイスは力まかせに彼を押しのけ、真っ青な海の中へ突き落とした。それから岩の上に起き上がり、震えながら胸のビキニをつけた。

　狂ってるわ、わたし。彼を愛してるわけがないじゃないの！　わたしを裏切って捨てた男を、どうして愛せるのよ。グレイスは激しい屈辱感に押されて海に飛び込み、岸辺に向かって泳ぎ始めた。

がむしゃらに泳ぐ彼女の横へ、ドナートがするすると近寄ってきた。「いったいどういうことだ、これは」彼が激しい剣幕で言った。グレイスはそこが波打ちぎわからかなり遠いことに気づいて、急激に不安になった。

「あなたに言ったはずよ。わたしは、そんなことは求めていないって」彼女はかたくなに言ったが、興奮のあまり水を飲んで激しくむせ、ぼろ人形のように手足をばたつかせた。するとドナートの腕が絡みついてきた。グレイスはそれをはねのけようと必死になってもがいた。自分は彼を愛している！　その思いがパニックを招いた。ドナートは猛然と抵抗する彼女の腰を抱きかかえ、力まかせに砂浜へと引きずっていった。

「危ないじゃないか。二人とも溺《おぼ》れたかもしれないんだぞ。まったくなんて女だ。きみを助けようとしたのに、それがわからなかったのか？」

「ごめんなさい……」彼女は自分の行動が信じられなかった。彼に途中まで体を許しておいて突然拒否し、そのあと海中で狂ったようにもがき……彼の言うとおりだ。二人とも溺れたかもしれない。

ドナートは立ち上がると頬を紅潮させ、怒りに目をぎらぎらさせてグレイスを見下ろした。「グレイス、ぼくがきみを力ずくで海に引きずり込んだとでも言うのか？　落ち着いて考えてみたらどうだ」

「そんなこと思ってないわ」彼女はみじめな気持でつぶやいた。

「ぼくはきみが信じられないよ」ヴィトーリア家の自信と誇りは、めったなことでは傷つかない。だが彼の無表情な顔の裏には、絶望的な悲しみが走っているように見えた。「あれはきみ自身が望んだことだ。だからこそ、きみはパニックに陥ったんだ。もうたくさんだ。で、どこかけがは？」

「いいえ……どこも」

「じゃあ、着替えるんだ」

グレイスは、彼の美しい裸体から目が離せなかった。わたしは彼を愛している。そして彼はわたしの夫だ。彼女はきっぱりと決心した。彼のもとから一刻も早く去り、二度と会わないのだ、と。

6

アレッサンドロとアニタのヴィラへ戻るドライブは、憂鬱《ゆううつ》な苦悩の旅となった。夫妻との夕食の席で何事もなかったように平然と振る舞うドナートに、グレイスはやっとの思いで調子を合わせた。アレッサンドロは何か察した様子でドナートをちらりと見たが、口に出して尋ねようとはしなかった。

あたりが暗くなるころ、三人はアマルフィをあとにした。三日月がうつろな光を放ち、よどんだ静かな空気は夏の香りをこめていた。遊び疲れたロレンツォは後部座席で丸くなって眠ってしまい、グレイスはドナートと二人、緊張した静寂に取り残された。

泣いてはだめ。絶対だめよ。グレイスはカーサ・ポンティーナに着くまで、熱く乾いた目で窓の外を見つめ続けた。ドナートはわたしが気でも違ったんじゃないかと思っているだろう。彼をその気にさせておいて、最後の土壇場でノーと言ったのだ。

しかも乱暴されそうになった処女のように、力まかせに彼を海へ突き落とすなんて。今日はさんざんな一日だった。イタリアを去るまで彼の前では冷静さを保ちたかったのに。

海での出来事が、単なる茶番に思えたらいいのに。

「被害妄想か?」

「えっ?」唐突に響いたドナートの冷たい声に、グレイスはびくりとした。車はカーサ・ポンティーナの敷地内へ入っていくところだ。

「今にも痙攣《けいれん》を起こしそうだね」彼はグレイスの固く握りしめたこぶしに目をやった。

「そんなにぼくを怪物扱いしないでくれよ」彼は穏やかに言って車のエンジンを切り、グレイスのほうを向いた。「きみを傷つけるようなことはしないよ、グレイス。それだけは信じていい」

死ぬほど傷つけたじゃないの! グレイスは心の中で叫んだ。「べつに、あなたを恐れてなんかいないわ。疲れてるだけよ」

「グレイス……」ドナートが厳しい口調で言いかけた時、後部座席で眠りから覚めたロレンツォが大きく伸びをした。

「あ、着いたんだね。すぐにベニートを見てやらなくちゃ。ちゃんと餌《えさ》をもらったかどうか……」

「大丈夫だ、心配ない」ドナートはすぐに兄の態度に変わった。「ベニートはほしいものがあれば自分から要求するよ。あとでぼくが見ておくから、きみはまっすぐ自分の部屋へ行ってやすむんだ。いいね、わかったね」

「はあい」言い合う元気はないらしく、ロレンツォは素直にバッグを抱えて車を降りた。

「おやすみを言いに来てくれる?」彼は玄関へ入りながらグレイスに言った。

「ええ」彼女はぎこちなくほほえんだ。本当は今すぐどこかに穴を掘って、その中で死んでしまいたかった。「先にパジャマに着替えてるのよ。メッセージが届いてないか見てから行くわ」グレイスは階段へとロレンツォを促した。

「誰からのメッセージだ?」ドナートが詮索《せんさく》した。「電話がかかってくる予定なのか?」

「ええ、クレアがそう言ってたから」グレイスは機械的な口調で答えた。自分は明日にもイギリスへ戻るつもりだと、ここでドナートに言わなければ。でも冷静さを保てる自信がない。彼に向かって逆上して叫んでしまいそうだ。わたしはあなたを今でも愛してるわ!なのにあなたは、わたしのことなんか少しも大事じゃないんでしょう!

「クレアか、なるほど」ドナートは皮肉な口調で言ったが、グレイスは無視して、さっさとバンビーナ・ポンティーナへ入っていった。メッセージは何もなかったが、顔を洗って髪をとかし、少し気分転換ができた。それからロレンツォの寝室へ行き、ドアをノックした。

「どうぞ」ドナートの声がした。グレイスは一瞬ためらってからドアをあけ、薄明かりのともる室内に入った。ロレンツォはミッキーマウスのパジャマを着てベッドに横たわり、額の髪をドナートになでてもらっていた。「眠ったようだ」彼が言った。

「まだだよ」ロレンツォが眠そうにつぶやいた。「グレイスが来るまで、眠るのは我慢してたんだ」

「おやすみ、ダーリン」何気なく言った瞬間、グレイスの脳裏に過去の記憶がよみがえった。ドナートと一緒に、こうしてよくパオロが寝入るのを見守っていた。彼女の体を苦痛が走り抜けた。

ロレンツォが眠ってしまうと、二人は暗い廊下に出た。「じゃあ、おやすみなさい」グレイスはすぐに立ち去ろうとした。

「待つんだ」ドナートは彼女の腕をつかんで振り向かせた。「話があるんだ。きみもそれを望んでいるだろう?」

「今はいや。明日にして」

「いいや、今だ」決意がみなぎっていた。「話すべきことが山積みのはずだ。もうきみは逃げも隠れもできない」

逃げも隠れもですって?

「場所を選んでくれ。バンビーナ・ポンティーナとぼくの部屋のどっちだ?」ドナートはロレンツォの寝室の隣のドアを指さした。「きみが選ぶんだ」

どちらもいや、とグレイスは思った。悲しい思い出が詰まったバンビーナ・ポンティーナも、危険な彼の寝室も。「わたし、明日ここを出るわ」

「そうはさせない」

グレイスの悲痛な思いは憤りに変わった。ドナート・ヴィトーリアの言葉には絶対服従なの？　が、議論する気力はなかった。もうたくさんだ。「どうしても今がいいなら、庭へ出ましょう」

「きみが望むなら」

わたしが望むなら？　グレイスは彼と並んで階段を下りていった。わたしの望みはそんなことじゃないわ。この二年間が現実ではなく悪夢で、パオロが今も生きていて、あなたが別の女性に慰めを求めたりしなかったことよ。絶対に実現しない望みよ。

グレイスは絶望感に溺《おぼ》れそうだった。二人はロレンツォの居間を通り抜け、ベニートのいるパティオに出た。ベニートのかごには、夜は分厚い黒い布がかぶせてある。

パティオからなだらかな芝生に出ると、やがて古めかしいあずまやにたどり着いた。周囲には真っ赤なゼラニウムやバーベナ、ピンクのベゴニア、紫、赤、白のブーゲンビリアが、半円形にちりばられている。あたりの空気は、かぐわしい香りに満ちあふれていた。

ドナートはグレイスの期待とは裏腹に、静かに座ったまま、月光と家の明かりにぼんやり照らされた庭を見つめていた。

時計の針を元に戻すことができたら、夫と子供に囲まれた幸福な暮らしに戻れたら、とグレイスは思った。けれども、自分はもう変わったのだ。パオロの死で何もかもが変わってしまったのだ。

「二度とパオロに会えないなんて」彼女は静かに言った。「もう一度抱きしめて謝りたい。わたし、必要な時にいてあげられなかった」

「グレイス……」ドナートはくぐもった声で言いかけ、軽く咳払《せき》いした。「悔やむべきことは何もないんだ。医者がそう説明しただろう？　手の打ちようがなかったんだ。あれは赤ん坊にごくまれに起こる原因不明の……」

「わたしは母親だったのよ！　何か気づかなければいけなかったのよ」

「それならぼくは父親だ。そうだろう？」

「ええ」閉じたまぶたから涙が落ちた。「あなたがあの子を愛してたことはわかってるわ」

「だったらなぜ自分やぼくを責めるんだ。もし何か兆候があったら、事態が少しでも予測できたら、ぼくは彼のために自分の人生をなげうっただろう。なぜそれを信じてくれないんだ？」

「信じたってあの子は戻らないわ」

「そうだ。彼はもう戻らない。だから自分を追い込むのもやめるべきだ。ぼくらは新しい人生を始めなければいけない」

「あなたはもう始めてるわ。わたし、それを阻んだおぼえはないわよ」グレイスは怒りの目で言った。「なのに、どうしてそんなことを言うの？」

「いいや、違う」厳然とした声だった。「ぼくはパオロの死と一緒に死んだままだ。きみがぼくとの結婚を放棄し、ぼくのもとから去ったからだ」

「わたしのせいにするの？　自分には無関係だと言うの？　すべてわたしのせいなのね」

「頼むから話を聞いてくれ。ぼくはそんなことを言うつもりは……」

「いいえ、言ってるわ」グレイスは目を真っ赤にして立ち上がった。「あなたはそう言ってるのよ」

「グレイス！」空気を切り裂くような鋭い声に、彼女は一瞬たじろいだ。「グレイス、お願いだから座ってくれ。落ち着いて話し合おう」

「いや」二人とも逆上しかけている。こんなことはもうたくさんだ。「わたし、もう行くわ」

「はっきりさせるべきことがある」

「ないわ、そんなこと！」グレイスの声は氷のように冷たく響いた。ドナートにはわたしの絶望や動揺がわからない。マリアとのことを、謝るどころか言い訳すらしようとしない。ドナート・ヴィトーリアには、普通の人間の道徳心は問われないのね。

だったらどうぞご勝手に。もうあなたに説明を求めるつもりはないわ。その代わり、すべてをわたしのせいにするのはやめて。あなたはわたしがパオロの死のショックを受け入れようとしていた矢先に、ほかの女性とベッドをともにしたのよ。絶対に許せない。「お互い、道を踏み誤ったということだわ。だからもうほうっておきましょう。すべては終わったことよ」

「冗談じゃない。罰だけは続くわけか？　パオロの死はきみのせいでもぼくのせいでもないんだ」

グレイスはくるりと背を向け、家へ向かって亡霊のように、漂うように進んでいった。

そしてバンビーナ・ポンティーナに入ると、ドナートが合鍵《あいかぎ》で入ってこないようドアのボルト錠をかけた。

わたしは彼を憎んでいる。憎んで、そして愛している、求めている。彼女は、ドアの前のタイルの床にへなへなと座り込んだ。熱い涙があとからあとからあふれ出て、床にしたたり落ちた。

パオロ。彼が息を引き取った時刻、わたしはドナートとベッドで幸福な時間を過ごしていた。その後ろめたさにはどうしても耐えられなかった。わたしは、知らず知らずのうちに自分のことも彼のことも罰していたのね。赤ん坊を死なせた二人には生きる権利がない、そうすることが償いだと思ったのだ。わたしたちには責任がないというのに。

「そうよ、パオロの死は誰の責任でもないんだわ」グレイスはため息をついた。やっとこの事実を受け入れることができた。二人にはパオロのために自らの命を捧《ささ》げるチャンスさえなかったのだ。

グレイスは床から立ち上がると厨房《ちゅうぼう》でコーヒーをいれ、夜風の涼しいバルコニーに出た。

熱いコーヒーをすすりながら、彼女は考えをさまよわせた。ドナートはなぜわたしを愛したんだろう。ずっと謎《なぞ》だった。彼のような資力も権力もあるハンサムな男性が、なぜわたしを選んだのだろう。

結婚式の日、彼はわたしが震える手で抱える野草のブーケに触れ、言った。〝ぼくのお《ミア・ピッ》ちび《コーラ》さん、ぼくは今日という日はもちろん、これからの毎日をきみのために完璧《かんぺき》にしたい。これまで一人ぼっちだった時の不安や苦しみは、すべて忘れるんだ。何もかもぼくにぶつければいい。ああ、ぼくの小さなイギリスの薔薇《ばら》、心から愛してるよ。きみはきっと自分自身を愛せるようになる〟

結局、わたしにはそれができなかった……突然そう気づいて、グレイスははっと体を起こした。持っていた熱いコーヒーが手にかかったのにも気づかず、彼女は頭の中でひたすら過去を思い返した。そういえば、パオロが生まれて順風満帆の生活を送っていた時でさえ、自分はその幸福に逆に怯《おび》えていた。特別美しくも利発でもなく、児童養護施設でいつまでたっても養女のもらい手のなかった引っ込み思案な少女のままだった。大人の皮をかぶった不安におののく少女でしかなかった。夢や幸せを自分で壊してしまうのを、自ら待ち受けていたのだ。

少女時代の悲しい記憶が、つい昨日のことのように押し寄せてくる。児童養護施設に入ってまだ半年というころに、チャールズとキャロラインのブレア夫妻の家で過ごした時のことを。当時のグレイスは、児童養護施設での新しい生活に一日も早く慣れようとする思いと、亡くした両親への恋しさとがまだせめぎ合っている状態だった。

美男美女のブレア夫妻は、典型的なエリートだった。何台も車のある豪邸を見て、グレイスはすっかり面食らった。夫妻の友人らに見せびらかされたグレイスは、夫妻を喜ばせたい一心で、懸命にお行儀よく愛らしく振る舞った。

その後数回の家庭訪問をへて、今度は夫妻のもとで一週間暮らすことになった。院長先生はそれを、〝小さな休日〟と呼んでいた。当時のグレイスは、それが養女として引き取られるかどうかを決める試験だとは、思いもよらなかった。最初の二日間は快調に、楽しく過ぎた。ところが三日目の晩、グレイスは恐ろしい悪夢を見た。きっと、両親が亡くなった時の交通事故がトラウマになっていたのだろう。彼女は飛び起きて大声で泣き叫び、ピンクと白で統一された豪華な寝室の中を、狂ったように走り回った。

ブレア夫妻が慌てて駆けつけてきた。夫のチャールズはうんざりした顔をし、妻のキャロラインも、激しく泣きじゃくるグレイスに弱り果てた様子だった。その二人の態度を見て、グレイスはますます悲しくなった。自分は何かにしくじったのだと、その時気づいた。一週間の滞在が終わると、彼女は児童養護施設に戻された。次の訪問約束はなかったが、それだけだったらグレイスの心にはさほど大きな傷跡は残らなかっただろう。もしもキャロライン・ブレアと院長先生との会話を耳にしなかったら……。

その日、グレイスは何かの用事で院長先生の部屋へ使いに出された。そしてドアをノックしようとした瞬間、室内から聞き覚えのあるキャロラインの声がした。「残念ですけどミセス・ジェニングス、わたしたちの予想とは少し違ったものですから……グレイスが、ああいう気性の子だとは思わなかったんです」

「グレイスが?」院長先生は信じられないとばかりに言った。「グレイスに何か問題があったとおっしゃるのですね。具体的にどういうことなのか話してくださいますか、ミセス・ブレア」

「そうですね……ひどく感情的と言いますか、非常に興奮しやすい子なんです」キャロラインは軽い口調で、くすくす笑うように言った。グレイスは胃をつかまれるようなショックで、息もつけずに立ちつくした。「とにかくミセス・ジェニングス、あの子はわたしたちの思っていたような子じゃありませんでした。どう説明したらいいのか、ちょっとわかりませんけど」

「いいえ、ぜひとも説明していただかなければ」院長先生は怒っているようだった。キャロライン・ブレアもそう感じたらしい。なだめるような口調で話し始めた。

「最初の面談の時にあなたから言われた言葉は、わたしたちも決して忘れていません。他人の子、ましてやある程度大きくなった子を自分の子として育てるのは、並大抵のことじゃないと。でも何度か会ってみた印象で、グレイスなら大丈夫だと思ったんです。わたしたちが何かしてあげると、彼女はそれにとても感謝して……」

「つまりミセス・ブレア、あなたがたの不満は、グレイスのつつましさが足りない点なのですね。で、何かあなたがたの感情を害するようなことがあったのですか？」院長先生が慎重に尋ねた。

「ええ。実はあの子、自分の両親を恋しがったんです」キャロラインは心外だとばかりに言った。

「まあ、何をおっしゃるんです。あの子は交通事故で両親をいっぺんに失い、人生が百八十度変わってしまったんですよ。ましてや子供は、悲劇を乗り越えるのに時間がかかるものなのです」

「でも、それまでは物静かでかわいい……」

しばらく沈黙があった。今なら、室内の二人がどんな様子だったか想像がつく。いかめしい顔つきの院長先生と、物憂げで上品なキャロライン。

「わたし、彼女がわたしたちの気持をもっとくんでくれると思ってたんです。わたしたちと一緒にいるほうが、彼女は幸せになれるんだと……」

「生みの親といるより、ですか？　それで気に入らないんですね、あの子が両親を恋しがったことが。ミセス・ブレア、ペットにするなら人間の子供ではなくて、プードルになさってはいかが?」

「まあ、失礼な!」

「はっきり申し上げておきましょう。わたくしは政府の福祉機関に今回の件を報告します。そして、あなたがた夫妻は、この施設の子供の養い親として失格だと書くつもりです」

「まあ、なぜそんなひどいことを!」キャロラインの口調からのんびりした感じが消えた。「わたしたち夫婦は世間で指折りの有力者ですよ。お金もたっぷりあるんです。子供にはなんだって与えてやれるんです。それを、不適当な子供を押しつけられたことに、不満を訴えたからといって……」

「ミセス・ブレア、勘違いなさらないように。あなたはグレイスを引き取るつもりでこの宣誓文書にサインなさった」紙のかさかさいう音が聞こえた。院長先生が書類を振りかざしたのだろう。「そのうえで、あの子を一週間手元に預かった。そこまで段階を踏んでおきながら、子供を引き取ることがどういうことか少しもわかってらっしゃらない。そこが問題なのです。あなたがたは子供を、自分たちの社会的地位の添え物としか考えていないのです。ミセス・ブレア、子供は生身の人間なんですよ。傷つきもすれば欲求も持つんです」

グレイスは真っ青になり、やっとのことでドアの前を離れた。自分はしくじったのだ。

だから気に入ってもらえなかったのだ。閉まったドアの向こうの激しいやりとりの原因は、この自分なのだ。グレイスの幼い心は自らを責めさいなんだ。それ以来、彼女は内向的で臆病《おくびょう》な少女になった。つねにほかの子供の陰に隠れ、自分の意見は一切口にしない少女になった。

それだけに、初めてイタリアという外の世界に飛び出した彼女にとって、ドナートは水平線からまばゆい光とともにのぼる太陽だった。奇跡とも言うべき出会いだった。彼はグレイスを愛情と笑いと自由の世界へ運んでくれた――パオロが死ぬまでは。

パオロが死んだ時、グレイスの中で昔の五歳のころの自分が再び現れた。パオロを死なせたのはわたしよ、わたしは夫や子供にはふさわしくない女よ。そう自らを激しく責めた。

「違うわ、わたしは死なせていない！」声に出した瞬間、グレイスは自分が長い間の呪縛《じゅばく》からようやく解かれたことに気づいた。

でもドナートは最初から気づいていた。だからわたしに絶え間なく話しかけ、感情のもつれを論理的に解きほぐそうとしてくれた。なのにわたしは、自分を罰したいあまり、彼の助けを拒んだ。

涼しいバルコニーに座ったまま、グレイスは次第に過去が解きほぐされていくのを感じた。やがてベルベットのような深い闇《やみ》が、ピンク色の朝焼けに染まっていった。新しい一日の始まりだ。

ふと下を見ると、朝靄《あさもや》の光の中にドナートの長身の姿がぼんやりと見えた。彼はバルコニーにいるグレイスには気づかない様子で、じっと考え込みながら庭園のほうへ歩いていく。グレイスは両手で口をおおった。

わたしは彼を愛している。なのに彼にとってはわたしよりセックスのほうが大事だった。だからパオロの死から半年ほどあと、わたしの誕生日の晩にマリアと……。

彼は苦痛をまぎらわせたかったのだろうか。息子の死を、肉体の欲望で慰めたかったのだろうか。だめ。そんなことは言い訳にならないわ。彼は妻以外の女性に慰めを求めたのだ。マリアの唇に触れ、体を重ねたのだ。わたしには耐えられない。

グレイスは固く目をつむり、ロッキングチェアを前後に揺らしながらむせび泣いた。彼とマリアの姿が脳裏に焼きついている。一生消えないだろう。

だからわたしは、彼を許すことはできても、以前と同じように平然と一緒に暮らすことはできない。そんな偽りの結婚生活には我慢できない。

今日ここを出よう。逃げたと思われてもかまわない。グレイスは目を開き、前方をうつろに見つめた。

7

数時間後、グレイスは朝食室へと階段を下りながら、院長先生の口癖を思い出していた。ねずみと男は思ったようにはつかまらない……少女時代に繰り返し聞かされた言葉が、今つくづく身にしみる。

「シニョーレが二階でお待ちです」階段の下で、メイドが待ちかまえていたように言った。

「ロレンツォ様が、頭とのどが痛いとおっしゃって……」

グレイスは足を止めた。「いつからなの、ジーナ？　ゆうべから？」

「わかりません、シニョーラ。でもシニョーレが心配なさってます。高い熱があるみたいです」

「お医者様は呼んだの？」グレイスは慌てて階段に向かいながら、肩越しにきいた。

「はい、シニョーラ。ですから早く、早く！」

ロレンツォは寝室の乱れたベッドの上で、苦しげに寝返りを打っていた。かたわらではドナートが、深刻な顔つきで弟の額を水で冷やしている。

「ロレンツォは少し前にぼくを呼ぶまで、ずっと我慢していたらしい」ドナートは普段とは打って変わって、動揺を見せていた。グレイスは急いでベッドに歩み寄った。ロレンツォは高熱にうかされ、しきりにうわごとを言っている。

「ドナート、ぬるいお風呂を準備して」グレイスは努めて冷静に言った。「今すぐよ」

「風呂?」彼はおかしくなったのかと言わんばかりにグレイスを見た。「そんなものより医者が先だ」

「ええ、でもそれまでの間、熱をできるだけ下げておかなくては」グレイスはロレンツォのパジャマを脱がせ、水を含ませたスポンジで上半身や腕を拭《ふ》き始めた。燃えるような熱さが手に伝わってくる。

ドナートがロレンツォを抱きかかえて浴室へ行くと、グレイスはベッドのシーツを取り替え、部屋の隅にある大型扇風機のスイッチを入れた。

寝室がだいぶ涼しくなったころ、入浴を終えたロレンツォが再びドナートに抱かれて戻ってきた。ぬるいお湯につかったせいで、いくぶん楽になった様子だ。「頭が痛いよ」彼はベッドからグレイスを見上げて言った。頬を赤く上気させ、目を大きく見開いている。

「のども痛いんだ。何も飲めない」

「大丈夫、飲めるわよ」グレイスはほほえみながらも、内心ではドナートと同様に医者の到着を待ちかねていた。「ジーナに飲み物を用意してもらって、何かお薬をのんでみる?

きっと気分が楽になると思うわよ」

「うん」だがグレイスがベッドを離れようとした瞬間、ロレンツォは目に涙を浮かべ、追いすがるように両手を突き出した。「行かないで！」

「ぼくが行く」ドナートがすかさず言った。「子供用の鎮痛解熱剤だね？」

「ええ、そうよ」一瞬二人の目が合う。グレイスの胸の鼓動が速くなった。ドナートはまだ髭《ひげ》も剃《そ》っていないうえ、髪が乱れ、不安に顔が陰っている。少年と大人が混じり合ったような不思議な魅力だ。グレイスは頭がくらくらして、急いで視線をそらした。気が変になってしまいそうだ。

ドナートがオレンジジュースを運んできた時、ちょうど医者が到着した。「猩紅熱《しょうこうねつ》ですな」診断はすぐに下された。「最近このあたりの子供にはやっていましてね。うつりやすい病気なんですよ。胸に少し発疹《ほっしん》が出ていますが、これがじきに全身に広がるでしょう」

「危険な病気なんですか？」グレイスが言った。

「昔はね」彼は、パオロが亡くなった時に診た同じ医者だった。昔からのヴィトーリア家の主治医だ。彼は静かに笑い、グレイスの肩を軽くたたいた。「だがペニシリンのおかげで、現在では簡単に治癒する。ただし熱には注意が必要でね。のどと頭の痛みはじきに治まるが、発疹が引くまではよく体を冷やすように。まあ、本人は多少むずかるだろうがね。この家の男子は意に染まぬことが大嫌いだから。そう思わんかね？」医師はいたずらっぽく笑った。

「ええ、おっしゃるとおりです」グレイスも笑顔で返した。パオロが亡くなったあと、彼はたびたびグレイスのためにこの家を訪れ、じっくり話をしてくれた。ほかにも大勢の患者を受け持っていただろうに、その貴重な時間を割いてくれたのだ。

医師はロレンツォに抗生物質を注射し、薬を処方して帰っていった。ドナートは医師を玄関まで見送ると、すぐに戻ってきた。「様子はどうだ？」さっきとは違い、もう切迫した声ではなかった。

「あなたが二分前にここを出ていった時と同じよ」グレイスは軽い口調で答えた。「だから心配しすぎはやめましょう。お医者様もああ言っていらしたし、当分の間は熱を下げることだけに専念しましょう。そうだわ、下へ行って何かおなかに入れたら？　そのほうが気分も落ち着くと思うわ」

それから二日間は大わらわだった。ロレンツォはロブスターのように、全身が発疹で真っ赤になった。幸い熱は下がったが、ベニートに会いに行きたいと言ってだだをこね始め、グレイスはそれをなだめるのに一苦労だった。

「グレイスに何度も同じことを言わせるんじゃない」ドナートが威厳のある声でロレンツォをたしなめた。「まだ完全に治ったわけではないんだ。やっと一人で浴室へ行けるようになったばかりじゃないか。言いつけにはきちんと従いなさい」

グレイスはなんとなく父と子を見る思いだった。リリアーナが生きていたころは、ロレンツォは母親と一緒にいることが多かったので、さほど感じなかった。でも考えてみれば、ロレンツォはまだ五歳の時に父親を亡くしている。以来、ドナートが自然に父親役を引き受けるようになったのだろう。ロレンツォの今回の病気で、ドナートの弟への深い愛情をあらためて思い知らされた。

グレイスはドナートに対して尊敬の念がわくと同時に、なんとなく温かい思いがこみ上げてきた。どちらも恋愛感情とはまったく別のものだったが、自分から意志の力をもぎ取りかねない、危険な感情だった。

「でもドナート、ベニートはぼくがどこにいるのかと心配するよ。彼はぼくの親友なんだもん」ロレンツォが兄に口答えした。

「ぼくはきみの兄だよ」ドナートはからかい口調で言った。「ただし、ぼくはグレイスとは違って優しくないぞ。いいか、まだ数日間はベッドでじっとしているんだ。ベニートは利口な鳥だから、きみと会えるまでちゃんと頑張ってるはずだ」

怒っているというより、軽くからかうような口調の兄を、ロレンツォは長いまつげの下からちらりと見た。そして言い合っても勝ち目はないと判断したのか、にやりと笑った。

「じゃあ、コンピューター・ゲームをここに持ってきちゃだめ?」ロレンツォはすがるように言った。「ジュゼッペに借りたゲーム、まだ一度もやってないんだ」

「いいだろう。ただし長時間はだめだ。午後からはちゃんと寝るように。それから、グレイスを困らせるようなことはもう絶対にするなよ」

グレイスはドナートの厳しさと優しさとを兼ね備えた見事な父親役に感心しながら、彼について部屋を出た。彼は自分の息子に対してもそうだった。つねに優しく、愛情に満ちた態度で接していたし、まめに世話もしていた。

そういえば、彼がパオロのおむつを替えているのを見て、リリアーナはびっくりしてたわ。ドナートの父親は、子供の世話は女の仕事と決めつけていたから……いつの間にか、グレイスの口元がほころんでいた。

「そのほうがいい」ドナートが突然グレイスの頬に手を伸ばした。「きみの笑顔はすてきだよ」彼の手は頬から首へと肌をなぞっていく。「ぼくの美しい人……きみの肌は絹のようだ」

「やめてドナート、わたし……」体が震えた。

「静かに」彼は背中に手を回し、グレイスを引き寄せた。「余分な話し合いが多すぎた。きみの体はこんなにとろけそうなのに……」

彼の唇が獰猛《どうもう》に重なる。

グレイスは必死にもがいたが、口づけはますます激しさを増し、彼女は廊下の壁に押しつけられたまま身動きできなかった。ドナートは彼女の腰に手をあて、自分の体に密着させた。彼の下半身の高まりと心臓の鼓動が、グレイスの体に伝わってくる。

「きみがほしい。ぼくの小さな、美しいイギリスの薔薇《ばら》」彼が低くつぶやいた。「こうしてきみの体に触れるのを、ぼくは毎晩夢に見ていた。きみの香りを思い出すたび発狂しそうだった。ぼくのものだ。きみはぼくの体の一部なんだ、グレイス」

狂おしいキスがグレイスを甘い感覚へ引きずっていく。二人は息をはずませ、体を絡み合わせた。

「ぼくの部屋へ行こう」ドナートは寝室のドアに手をかけた。

「だめよ、ドナート」グレイスはとっさに身を引いた。「わたし、家に帰らなくちゃ」

「きみの家はここだ。きみはここで、これからもずっとぼくと一緒に暮らすんだ」

「いいえ」体が彼から離れたとたん、グレイスは正気に返った。「ロレンツォが病気になった日、わたしはここを出るつもりだったのよ」声が震えているのが、自分で腹立たしかった。

「ぼくはきみを手放す気はない」ドナートは体をまっすぐに起こし、険しい顔で威圧的に言った。

グレイスの欲望は引き潮のように遠のいた。「これはわたしが決めることよ」甘く優しい思い出をくれた人には抗《あらが》えなくても、傲慢《ごうまん》なドナート・ヴィトーリアとなら戦えた。

「用心するんだな、ぼくのおちびさん《ミア・ピッコーラ》」彼が微動だにせず言うと、グレイスは背筋がぞくりとした。「こうなったら、ぼくは容赦しない」

「脅しても無駄よ。わたしはすでに新しい生活を持った、一人の独立した人間なのよ。あなたの付属品じゃないわ」

「ばかなことを言うな！　何をわけのわからないことを言ってるんだ」

「ドナート……」グレイスはため息をつき、冷静になろうと努めた。辛辣《しんらつ》な言葉の応酬では彼に勝てっこない。歴然たる事実だけに頼るべきだ。そう、彼は自分に思いを寄せていたマリアと、関係を持った。マリアを利用した。そしてわたしのことも。

一度は不要になったわたしを、ロレンツォに必要だからと呼び戻したのだ。これが事実。ありのままの事実だ。「ロレンツォがよくなったら、イギリスへ帰るわ」震えながらグレイスは言った。「もう二度とここへ来ることはないわ。ロレンツォは休暇にイギリスへ来れば、わたしと……」

「冷たいね、きみは」

「なんとでも言って」グレイスはののしられるのを覚悟していたが、ドナートは氷のような目でただ見返すだけだった。彼女はうつむくと彼の横を滑り抜け、震える脚で廊下を進んでいった。そして優雅なカーブを描く階段を、今にもくずおれそうな脚で、一段一段ゆっくりと下りていった。

終わったのだ。ここを出るのはあと一、二週間先になるだろう。でもドナートの黒い瞳は、決定的な終わりを告げていた。ああ、わからない。世界が終わってしまったようなこの虚無感は何？

それからの数日間は、グレイスにとって気がかりな毎日だった。幸いロレンツォのほうは日増しに快方に向かっていたが、看病している際に寝室にノックの音がするたび、グレイスはドナートではないかと緊張した。けれども二日たち、ロレンツォがベニートに会いに下の居間まで自力で下りられるようになるころ、グレイスは自分がドナートに避けられていることに気づいた。ショックだった。

愚かで、非論理的で、理不尽だわ。グレイスは自分の感情をなじったが、みじめな思いは大きくなるばかりだった。だがそんな顔でロレンツォに接するわけにはいかない。彼の前では努めて明るく陽気に振る舞い、その分心の苦痛はますますひどくなっていった。

ペニシリンは着実に効果を発揮し、一週間もたつとロレンツォはすっかり元気を取り戻していた。ビアンカが見舞いに来た時には、すでに階下の居間で長時間過ごせるまでになっていた。もっとも、ビアンカにはそれが気に入らなかったらしい。

「ロレンツォ、これはなんなの！」ビアンカはロレンツォの居間の入口に、両手を腰にあてて立ちはだかり、グレイスとロレンツォが一日がかりで組み立てたブロックの要塞《ようさい》を不快げに見た。「あなたは病気でしょう？　こんなふうに遊んでる場合なの？　ベッドに寝てたらどうなのよ」

「寝てたよ、ずっと」ロレンツォはビアンカの前で決まって見せる、身がまえた表情で言った。「だけど、もうよくなったんだ」

「あっそう！」ビアンカは皮肉たっぷりにため息をついた。「まったく何よ、子供のくせに。ちょっとあなた、いったいどういうつもり？」グレイスに向かって言った。「また容態が悪化したら、どうするわけ？」

「いいえ、もう大丈夫よ」グレイスは自分に冷静になれと言い聞かせた。ロレンツォの前でビアンカの挑発に乗るわけにはいかない。

「あら、あなたに子供の体の具合を、正しく判断できるのかしら？」ビアンカが意地の悪い顔つきで言った。

グレイスはあえて平然と答えた。「ええ、できるわ。女性ならみんなそのはずよ」狡猾《こうかつ》なビアンカのことだから、ロレンツォの前ではこれ以上攻撃してこないだろう。

「ふん、くだらない」ビアンカは室内をぶらぶら歩きだした。ほっそりした体をジーンズと白いシャツに包み、長いつややかな黒髪をアップにして頬骨の線を強調している。美しく自信に満ち、そして残酷だった。小鳥をなぶり殺しにする黒猫のように。「あなた、医学の心得でもあるわけ？」

「猩紅熱に関してはそんなもの必要ないわ」グレイスは落ち着いて言った。「そうでなかったら、母親たちはみんなどうすればいいの？」

「でも、あなたはロレンツォの母親じゃないわ。そもそもイタリア人じゃないんだし、ロレンツォにとってもなんでもないのよ」

「違うよ！」ロレンツォは顔を怒りで染め、ビアンカをにらみながらこぶしを握りしめた。

「グレイスは、ぼくを愛してくれてるんだ！」

「お黙り！」ビアンカがものすごい形相で言う。

「いやだ！　グレイスのことを悪く言うな！　ぼくは許さないぞ。だってグレイスは……」

「グレイスは何よ？」ビアンカが挑発した。弟をとことんやりこめるつもりだ。

「グレイスは……ぼくの二番目のママなんだ」ロレンツォが覚悟を決めたように言った。

「ぼくはグレイスを愛してるんだ」

とたんにイタリア語による激しい姉弟《きょうだい》げんかが始まった。ロレンツォはさぞや悪い言葉を使っているのだろうが、ののしり合いはあまりにすさまじくグレイスは内容についていけなかった。それにしても、ロレンツォが自分を慕っていることはわかっていたが、まさかそこまで大事な存在に思ってくれていたとは……。

ロレンツォの〝愛してる〟という言葉は、決して軽々しく口にしたものではない。あの差し迫った真剣な顔を見ればわかる。ビアンカに追いつめられてやむなく、自分の感情を吐露したのだ。なんだか後ろ髪を引かれる。カーサ・ポンティーナを去りがたくなってしまう。が、そういうわけにはいかない。これ以上この家にとどまるには、ドナートの言いなりにならなければならない。仮に、彼が一切自分に手を触れないと約束するとしても、やはりここにはいられない。ドナートを愛しているからだ。もうそれを否定することはできない。

「いったいなんの騒ぎだ？」低い怒りのこもった声が、部屋の入口からショットガンのように響いた。ロレンツォとビアンカは弾丸をくらったようにふいに口をつぐんだ。「誰が説明するんだ？」ドナートの声は空気を切り裂くように鋭かった。

「ロレンツォが、わたしにひどいことを言うの」ビアンカが怒りの形相をさっと引っ込め、悲しげに言った。「グレイスは自分の母親だけど、わたしは姉でもなんでもないんですって」

「そんなこと言ってないよ！」ロレンツォが大声で言い返した。グレイスは彼を両手で抱きしめ、ビアンカに怒りの目を向けた。

「そのとおりよ。ロレンツォはそんなこと言ってないわ」グレイスも加勢した。

「詳しい話は全員の頭が冷えてからだ」ドナートが厳格な口調で言った。「それにしても」彼はビアンカとロレンツォを見た。「声が玄関の外まで聞こえたぞ。ヴィトーリア家の人間がそんなふうに口汚くののしり合っていて、恥ずかしくないのか？　ぼくがもし誰かと一緒だったら……」

「でも一緒じゃなかったんでしょう？」グレイスは思わず口をはさんだ。あなたはヴィトーリア家の名誉のことしか頭にないのね。

「ああ」ドナートは鋭くグレイスを一瞥《いちべつ》した。「とにかく、話の続きは応接間に移ってからだ」

「おお、ドナート……」ビアンカは目を潤ませ、兄のたくましい腕に自分の手を絡ませた。「わたし、なぜロレンツォに目の敵にされるのか、わからないわ。いったいどうしたらいいの？」

「きみは大人だろう？」ドナートは冷淡に言ったが妹の手を振り払おうとはせず、二人は並んで部屋を出ていった。途中でビアンカが振り返り、グレイスとロレンツォに残忍な笑みを向けた。

グレイスは背筋に鳥肌が立った。ロレンツォをひしと抱きしめてから、憂鬱《ゆううつ》な思いで部屋を出る。

ベニートがいなかったのは不幸中の幸いだ。今の時間、彼は厨房《ちゆうぼう》で、アンナとジーナに日課であるかごの掃除をしてもらっている。掃除の間おとなしくしてもらうため、メイドたちはベニートにごちそうを食べさせてやる。鋭い爪とくちばしに注意しながら、こわごわの様子で。

応接間に入ると、ドナートは呼び鈴を鳴らしてメイドを呼び、それからロレンツォに向かってソファに座るよう手ぶりで命じた。「少し気分は落ち着いたか？」彼は静かに言った。

「うん」ロレンツォはまだ不機嫌そうだが、ヴィトーリア家の男子たるもの逆上すれば叱《しっ》責《せき》されて当然とわかっているらしい。内心の葛藤《かっとう》を表すように、大きな目に涙がレンズのようにふくらんだ。ドナートは口元をかすかにほころばせ、弟を見た。

「じゃあ自分のしたことを謝りなさい。そうしたら体を洗ってベッドに入るんだ。いいね。今はまだ用心しなくてはいけない」

「たったそれだけ？　もっときつく……」

ビアンカが言いかけると、ドナートは彼女を鋭く一瞥した。そして再びロレンツォのほうに向き直った。「どうだ、ロレンツォ？」

「ごめんなさい、ドナート。大声でわめいたりして」ロレンツォは意を決した面持ちで非を認めた。「もう二度としません。約束します」

「よし、いいだろう」ドナートはうなずき、ちょうど部屋へやって来たアンナに言った。

「アンナ、ロレンツォの部屋へ三十分後にお茶の用意を頼む。それからセシーリアに、シニョーラとぼくは今夜、外で夕食をとると伝えてくれ」

「はい、シニョーレ」アンナはかしこまった態度ですぐに部屋を出ていった。

グレイスはドナートの言葉を理解しかねて、しばらく茫然《ぼうぜん》とした。ドナートと外で食事？　いやよ、彼とは何も一緒にしたくない。

「ドナート」ロレンツォが言った。「二階へ行く前にベニートにおやすみを言ってもいい？」嘆願するような口調だった。

「またあのオウム？　ロレンツォの病気の原因かもしれないのに」ビアンカは大げさに身震いしてロレンツォをにらみつけた。「ああいう生き物はね、黴菌《ばいきん》だらけなのよ」

「ベニートの鋭い爪に関しては苦情が多々あるが、猩紅熱の原因は彼じゃない」抗議しかけたロレンツォを制し、ドナートが冷ややかに言った。それからロレンツォに、「五分間だけだ。いいね？　そうしたらすぐにお風呂だ。完全に治るまでは油断大敵だぞ。一時間以内に寝ること」と命じた。

ロレンツォは急いで部屋を出ていったが、その前に一瞬、ビアンカを憤然とにらみつけた。

「ドナートったら、ほんとに子供に甘いのね。あれじゃあ、ロレンツォはますます調子に乗るわよ」ビアンカがぷりぷりして言った。

「もういい、ビアンカ。ロレンツォに対してはあくまでぼくのやり方を通す。言っておくが、もしきみが今もこの家に住んでいたら、さっきのような態度は断じて許さない」

「だって、あの子があんなにわめくなんて思わなかったもの」ビアンカがふくれっ面になった。

「ロレンツォはまだ十歳だぞ。しかも最愛の母親を亡くしたばかりだ。きみの彼に対する態度は、思いやりに欠けているとしか言いようがない」

「わたし、ロレンツォの身支度を手伝ってくるわ」グレイスはそう言って立ち上がり、早足でドアに向かった。ドナートは軽くうなずいたが、ビアンカはまるで気づかない様子だった。兄にとがめられた憤りで頬を真っ赤に染め、アーモンド形の目で彼の顔をじっと見つめていた。

少ししてグレイスがロレンツォの居間を片づけていると、ドナートが入ってきた。「どうやらロレンツォは、きみの優しさにつけ込んでいるらしい」彼は顔をしかめて言った。「彼はもう自分のことは自分でやれる年齢だ。きみは彼の子守り役ではない」

「わかってるわ。でも、寝る支度で忙しそうだったから、わたしが自分から買って出たのよ」グレイスは言い訳がましく言った。「それに……わたし、あの子の世話を焼くのが好きなのよ」

「だったらなぜ彼を置いてこの家を出るんだ？　彼がショックを受けるのは目に見えている」ドナートは、ブロックを拾い集めているグレイスの脇《わき》にしゃがみ込んだ。「きみがここへ来るまで、彼は救いがたいほどの落ち込みようだった」

「ずるいわ、ドナート」

「正々堂々とやれと言うのか、ミア・ピッコーラ」彼はかすれ声でつぶやいた。「それは無理な要求だよ。ぼくは石でできているわけじゃない」

「この数日間は石みたいよ」グレイスはとっさに言い返したが、恨み言に聞こえて後悔した。

「それは……きみの防御が固くて近づけなかっただけだ。無理強いはぼくのやり方じゃない。自由な状態のものしか受け取らない」

「防御なんかしてないわ。したいとも思わないし、そんな必要……」言葉がとぎれ、グレイスの唇はドナートの激しいキスに押し開かれた。

わたしはこうしてキスされるたびに、体中がとろけそうになったんだわ……グレイスはくらくらする頭で、過去の記憶にひたった。彼と初めて会った夜、彼の友人の家のキッチンで二人きりになった時、わたしはこう思った。こんな甘いキスをしてくれる男性には、生涯二度と出会えないだろうと。

「グレイス、きみは何を求めているんだ？　何を必要としているんだ？」彼は唇を離すと、ほてったグレイスの顔をじっと見つめた。「ぼくが求めているのは、きみを燃えつきるまで愛することだ。裸のきみを両腕にしっかり抱いて、きみの全身に触れることだ。その柔らかな白い肌と、炎のような髪に溺《おぼ》れたいんだ。きみがほしい。ずっとずっとほしかったんだ、ミア・ピッコーラ」

ては。

「ほしいだけじゃだめよ。足りないのよ」苦悩に負けない誠実な責任感と、信頼感がなく

ドナートはゆっくりと立ち上がり、グレイスを抱きしめた。「リナルディに、今夜八時に予約を入れた。出かける用意をしてくれ」

「わたし……」

「都合はどうかときいてるんじゃない。身支度をするようにと言ってるんだ。きみはじきにここを去るんだろう？　だったら一晩だけ、形だけでも楽しく過ごそうじゃないか。ぼくらにはいろいろなことがあった。忘れたい思い出が多すぎる。少しでも心をまぎらわせたいんだ」

パオロのことだ。グレイスは彼の言葉に脅迫めいたものを感じ取った。彼はその肌の下に冷酷な素顔を隠している。なのにいつの間にか、彼女はうなずいていた。今夜という時間を彼女も求めていた。心の慰めではなく、ドナートへの愛ゆえに。

「あまり気が進まないけど、あなたがどうしてもと言うなら……」

「そう、どうしてもだ、ミア・ピッコーラ」彼はほほえんだ。彼がねらった獲物に対してそんなふうに笑顔を向けることを、グレイスは知っていた。彼はなんて威圧的なんだろう。彼と離れて暮らしてみて、それがよくわかった。

他人にそれを言えば、きっと一笑に付されるだろう。だが彼は、全身から暗いオーラを

発している。それがこの一年間、イギリスにいるグレイスのところまで、海を越えて届いてきた。ずっと彼に監視されている気がしていた。すぐ近くに彼の吐息が聞こえるような錯覚が……。ばかばかしいわ！　グレイスは自分の怯《おび》える心を押しのけ、ドナートから無理やり視線を引きはがした。

彼はただの一人の男性だ。それに、自分は過去に一度彼から離れられた。二度目も決して不可能ではないはずだ。「今夜だけなら」彼女はゆっくりと言った。「明日、わたしはイギリスへ帰る飛行機を予約するわ。ロレンツォはもうだいぶよくなったし、わたしも、仕事をいつまでも休んでるわけにはいかないのよ」

一人ぼっちで乗る飛行機。灰色の昼と暗黒の夜、たくさんの思い出……彼女は過去の日々を思い出して苦しさに襲われた。

8

リナルディは、値段が気になるような者には向かないナイトクラブだ。夏は毎年、海外からの富裕な観光客らで大いににぎわう。ディオールの最新ファッション、ダイヤモンド、新しい恋人を見せびらかし、湯水のように金を使う場でもある。イタリア南部最高のシェフが腕をふるう料理には地元ファンも多く、ドナートもそのうちの一人だった。

「きれいだよ、ぼくのおちびさん《ミア・ピッコーラ》」グレイスがバンビーナ・ポンティーナから姿を現すと、黒髪を後ろになでつけたタキシード姿のドナートが待ち受けていた。シャツの白さに褐色の顔が引き立ち、危険に満ちた渋い男の魅力にあふれていた。

「ありがとう」グレイスは無理やりほほえんだ。クリーム色のブロケードの短いカクテルドレスは、ドナートの前で今日初めて着る。イタリアを去る前の年に買って、袖《そで》を通さないまま置いていったものだ。細いストラップと深くあいた襟ぐりが、長い首やきゃしゃな肩の線を強調している。「あなたもすてきだわ」彼女はぎこちなくつけ加えた。

「二人きりで、よく夕食やダンスを楽しんだね。何百回、何千回と」ドナートがひやかすように笑う。

「ちょっと大げさよ」グレイスは胸の高鳴りを必死で抑えた。「それに、リナルディでは二人だけじゃなかったわ。あなたはいつも大勢の知り合いに囲まれてたもの」少しすねるように言った。

「大げさなのはきみのほうだ。ドナート・ヴィトーリアはごく平凡な男だよ」

「心にもないことを言って」ヴィトーリア家の人間に謙遜《けんそん》は似合わない。

「たまにはへりくだってみようと思った」

グレイスは苦笑した。彼は少しも変わらない。これから先もそうだろう。彼がマリアのことでほんの少しでも後悔を見せたら、グレイスは即座に彼の胸に飛び込んだだろうに。

リナルディに着いて車を降りると、あたりは丘のレモン畑の香りに満ちていた。グレイスはドナートにエスコートされ、店の中へ入った。

テーブルの間をすいすいと歩き回るウェイターたち、天井のシャンデリアの光に輝くダイヤモンドやルビー、ドナートの登場と同時にあがる歓迎のどよめき……グレイスにはおなじみの光景だった。

ドナートはこの店で一番の注目の的ね、とグレイスは思った。女性たちの熱い視線がいっせいに彼に集まる。グレイスは今さらながら落ち着かない気分になった。そして、ドナートが自分を選んだことをつくづく不思議に思った。ここには美貌《びぼう》と知性と家柄に恵まれた女性が大勢いる。なのに、なぜイギリスから来た小娘をわざわざ選んで、結婚までしたのだろう。普通に考えたら全然筋が通らない。それでも、ドナートが自らの意思で決めたことであるのは間違いない。

「お越しくださいまして光栄に存じます、シニョール・ヴィトーリア」給仕頭が満面の笑みで二人を迎え、テーブルへ案内した。「すぐにシャンパンをお持ちいたしますので」

彼がぱちんと指を鳴らすと、どこからともなく氷のバケットに入ったシャンパンとグラスが現れた。給仕頭は愛想笑いを浮かべてシャンパンをグラスに注《つ》ぎ、メニューを残して下がった。ドナートはテーブルに身を乗り出して、グレイスの手をつついた。「きみは、こういうのが嫌いだったね」

「えっ、何を?」心の内を見透かされて、グレイスは目を丸くした。

「追従、ご機嫌取り、こびへつらい」

「わたし……」グレイスはあたりさわりのない嘘《うそ》を探したが、結局は肩をすくめた。「ええ、そうよ。前からずっとそうだったわ。あなたもでしょう?」

「きみに出会うまでは、なんとも思わなかった」彼は椅子にもたれ、グレイスをひたと見据えた。「ぼくは小さいころからこういう世界で育ったからね。ほかにも、きみを知るまで当然だと思っていたことがたくさんある。つまり……」彼は再び身を乗り出し、グレイスの指に軽く唇を触れた。「きみは、ぼくにそれまで見えなかったものを見せてくれたんだ」

「まあ」グレイスが驚くとドナートは笑った。

「新しい体験をしたのはきみだけじゃない。ぼくにとってきみとの出会いは、新鮮そのものだった。絶対にきみと結婚したかった。もしできなかったらと思うと怖くて、卵の殻の上を歩くように慎重になった。だが、結局はきみをせかしてしまった……」彼は苦しげな顔で、上等のシャンパンを一気にあおった。「きみを失うのが怖かった」

「わたしを失う？」ドナートは何を言ってるんだろう。「わたしはあなたを愛してたわ。何度もはっきりそう言ったわ。なのにどうして？」

「きみはあの時十八歳だった。まるで幼い少女のように無垢《むく》だった。だがぼくは二十五歳、無垢とはほど遠かった」彼はグレイスを暗い目で見た。

「ぼくは、早くから大勢の女性とつき合っていた。金と名声と容姿に恵まれれば、相手には不自由しない。友人と一緒によく女性たちと……」

「そのことは前にも聞いたわ」ドナートの華麗な女性遍歴を聞かされるのは、今でも辛《つら》い。

「いいや。きみは全然わかっていない。ぼくにとってきみがどんな存在なのかを。はかなく美しく、凛《りん》として強い。そんな女性がこの世に存在するとは、ぼくには奇跡に思えた。きみをなんとしてでも自分のものにしたかった。きみがほしかった」

またその言葉……。グレイスは苦痛に満ちた目で彼を見つめた。欲望と愛情はイコールでは結べないわ。本当にわたしを愛していたのなら、なぜわたしがパオロの死のショックから脱するのを待てなかったの？　あなたはあの誕生パーティーの日、断崖《だんがい》をはい上がろうとしていたわたしを再び絶望の淵《ふち》へ突き落としたのよ。

でも、遅かれ早かれ破局の日は来ただろう。わたしたちはあまりにも違いすぎる。「違いすぎるのよ、わたしたち」グレイスは口に出して言った。「もうあと戻りはできないわ」

「いや、違う。ぼくらは互いに二人で一つなんだ。それを信じるんだ」

わたしだって信じたい。でも欲望だけではだめなのよ。グレイスが思いつめた目を向けると、ドナートは意外にも朗らかな表情だった。とりあえず、この場を楽しく過ごそうと考えているらしい。

彼の細かい気配りに、グレイスもいつしか深刻な問題を忘れ、食事を楽しんでいた。潜在意識が発する警告に耳をふさぎ、ドナートの術中にすっかりはまっていた。

食事がすむとフロアショーが始まった。ドナートはごく自然にグレイスのほうへ身を寄せ、彼女の肩に手を回した。その時、グレイスは正面の出入口のガラスドアに目が釘《くぎ》づけになった。

ビアンカがいた。深紅のぴったりとしたシルクのドレス姿が、息をのむほど美しい。黒髪を重厚なカーテンのように後ろになびかせ、首と腕には宝石がきらめいている。彼女は薄暗い店内に目を凝らし、何かを探しているようだった。やがて、グレイスの燃えるような巻き毛に目を留め、黒い瞳をきらりと光らせた。

「ビアンカよ」グレイスはつぶやいた。

「なんだって?」ドナートがグレイスの視線の先をたどって、身をこわばらせた。ビアンカは決然たる面持ちでこちらへまっすぐ近づいてくる。数人の男性客が彼女を振り向いた。

「ドナート」ビアンカはグレイスたちのテーブルに来て明るくほほえんだ。いつものドナートのかわいい妹を演じている。「あら、グレイスも。奇遇だわ、こうして全員がそろうなんて。ロマーノもすぐ来るのよ。今タクシーにお金を払って……あ、来たわ。ねえドナート、彼に合図してわたしたちのテーブルを教えてあげて」

ドナートの向かい側に悠然と座るビアンカを見て、グレイスはあっけにとられた。なんて狡猾《こうかつ》なんだろう。招かれないうちから既成事実を作ってしまうとは。夫のロマーノを待たずにさっさと店に入ってきたのは、彼なら図々《ずうずう》しく親友夫妻と同席するようなことは絶対にしないからだ。

グレイスはチェシャ猫を相手にする気分だった。表向きはにやにや笑っているが、鋭い爪と歯を持つビアンカ。グレイスはビアンカの得意のほのめかしは一切聞き流し、さも楽しげに振る舞った。

だが、ビアンカが時折向けてくる含みのある視線に、グレイスは不安がつのっていった。

ようやくドナートが帰ろうと言い出すと、グレイスは救われた思いで化粧室へ立った。

贅沢《ぜいたく》な装飾の鏡に向かい、口紅を塗り直そうとした時、ドアが開いて誰かが入ってきた。鏡に、自分の背後に立つビアンカが映った。

「表面をいくら飾っても無駄よ」ビアンカはマニキュアをした鉤爪《かぎづめ》のような手で、グレイスの口紅をもぎ取った。「炎には炎が必要なのよ」

「なんのことかしら。悪いけど失礼……」

「失礼?」ビアンカは人間とは思えないような声で、くっくと笑った。「いつまでイギリスのレディを気取ってるの? ママたちとは違って、わたしはだまされないわよ。あなたの体内に流れてるのは赤い血じゃないわ、冷たい水よ。そんな女が、ドナートの妻になれるわけがないでしょう。この身のほど知らず!」

「ビアンカ、あなたどうかしてるわ。病気なんじゃない?」

「本当のことを言われて、面白くないわけね」ビアンカは小さな歯をむいてにやりと笑い、爬虫類《はちゅうるい》のように首を前に突き出した。「あなた、自分が何もかもに恵まれた女だと思ってるんでしょう」

なぜそんなことを……グレイスは過酷な対決に疲れ、脚が萎《な》えてきた。恵まれているのはビアンカのほうだ。夫、家、兄、弟。グレイスは恐怖にしばられたままビアンカを見た。

「ふん、あなたはわかってないのよ。いいこと、ドナートに呼び戻されたのが、愛されてるからだなんて思ったら大間違いよ!」

「わたし、そんなこと……」

「マリアがね、婚約したのよ。ドナートはもう、彼女を自由にできなくなったのよ」

グレイスは唖然《あぜん》として言葉を失った。何か言い返そうとしたが、頭の中ががらっぽだった。ビアンカは嘘を？　そうとは思えない。調べればすぐにわかることなのだ。

「あなたはマリアの穴埋めとして呼ばれたのよ。一時しのぎにね」ビアンカの目が満足げに光る。

「言いたいことはそれだけ？」グレイスは必死にプライドを支えながらビアンカを見据えた。

「ええ、そうよ」ビアンカの顔は邪悪な勝利感に満ちていた。良心の呵責《かしやく》はひとかけらもない。

「それを言うために今夜ここへ来たのね」グレイスはゆっくりと言った。「ビアンカ、あなたって卑劣ね。最低よ。あなたなんか女じゃないわ。ロマーノにとっても面汚しよ」

とたんにビアンカがすさまじい形相でつかみかかろうとし、グレイスは震え上がった。この人はどうかしてる！　絶対に正気じゃない！

が、急に思い直したのかビアンカは手を下ろし、グレイスの青ざめた顔をにらんだ。

「よくもわたしを侮辱したわね。今にきっと後悔するわよ」

「脅しは通用しないわ」グレイスは立っているのもやっとの状態だった。「悪いのはあなたなのよ。カーサ・ポンティーナで初めて会った時から、あなたはわたしを嫌ってたわ。そうでしょう？」

「嫌ってないわ。憎んでたのよ」ビアンカは出口へ向かいながら、悪意に満ちた顔で振り返った。「あなたの魂胆は一目でわかったわ。わたしの後釜《あとがま》に座るつもりだったのよ」

「違うわ」

「いいえ、そうよ。まずママをわたしから奪った。ママはグレイス、グレイスって、あなたのことばかり。しかも赤ん坊を死なせた時でさえ、あなたは家中から心配されてた。憎かったわ、あなたが。これからも一生憎み続けてやる」

「わたし、死なせてなんか……」グレイスは苦悩のあまり目を閉じ、かぼそい声でつぶやいた。再び目をあけるとビアンカの姿はもうなかった。

グレイスは目の前が真っ暗になり、クッションつきのしゃれた椅子に倒れ込んだ。閉所恐怖症になりそうな狭い化粧室でひんやりとした鏡に額をあて、しばらくの間じっとしていた。どのくらいたっただろう、入口のドアのあく音がして女性が二人入ってきた。グレイスは慌てて体を起こし、髪を直すふりをした。二人はグレイスをちらりと見て、すぐにトイレのドアのほうへ行ってしまった。

パオロの死について責められたことが、グレイスには一番ショックだった。根拠のない中傷だと知りながらも、震えが止まらなかった。

化粧室を出ると、ドナートが来てテーブルまで導いてくれた。ビアンカとロマーノの姿はすでになかった。「気分が悪いのか？」ドナートが言った。「顔が真っ青だ。何かあったのか？」

「いいえ、大丈夫よ」ビアンカとのやりとりは口にするのもおぞましい。それに、ビアンカは彼の妹なのだ。ことを荒立てたくない。「ビアンカとロマーノは帰ったの？」グレイスは何気ない口調をよそおった。

「ああ。ロマーノは明日、ナポリのオフィスへ早朝から出かける予定だからね」ドナートは怪訝《けげん》な顔で言った。「ビアンカから聞いただろう？」

「いいえ」ドナートにそれ以上追及されないよう、すかさずつけ加えた。「ねえ、もう帰りましょう。なんだか急に疲れが出てきたわ」

「ああ、帰ろう。タクシーはもう呼んである」

二人の間の打ちとけたムードは、ビアンカのせいで一気に砕け散った。タクシーの中のグレイスは、何をきかれてもぽつりと答えを返すだけだった。ドナートもじきにしかめっ面になり、カーサ・ポンティーナに着くまで、車内は冷たい沈黙におおわれた。

「おやすみなさい、楽しかったわ」家に入ると、グレイスはさっさと自分の部屋へ行こうとした。

「だめだ、グレイス」ドナートは静かな怒りのこもった声で言った。「きちんとした説明もなしにひじ鉄を食わされるのは、もうたくさんだ」

彼はグレイスの腕をつかんだ。

「放して、ドナート」

「二人きりの場所で、今夜こそ本当のことを聞かせてくれ。ぼくはできる限りの努力をした。きみの精神状態を心底思いやった。なのにきみは、ぼくの前でずっと扉を閉ざしたまだ」

「乱暴はやめて！」腕を振りほどこうとした彼女をドナートはバンビーナ・ポンティーナのドアに押し込み、自分もあとから入った。そしてドアの鍵《かぎ》をかけ、それをポケットに入れた。

「乱暴だっていとわないさ」彼は怒りに燃えた目でジャケットをホールに脱ぎ捨て、タイをゆるめた。「今夜こそきみにわからせてやる。ぼくは血と肉を持った生身の人間だ。生きているんだ。それがなぜわからない？」

「わたしを責めないで」

「結婚は事実だ。見て見ぬふりはもうよせ。きみがほかの男のものになるのを、ぼくが指をくわえて見ているとでも思っているのか？」

「わたしはあなたのものでもないわ。忘れないで」グレイスはドナートをにらみつけた。勝手に愛人を作っておいて、今さらわたしに執着しないで。あなたにとってわたしなんか、弟の子守り役かベッドのお相手役でしかないんでしょう?」

「ああ、忘れないとも」目は激しく、声は冷静だった。「だが勘違いしないでほしい。ぼくはきみが必要なんだ。初めて会った時から、もうきみから離れられなくなったんだ。ぼくは、きみが腕の中で喜びに震えるのを感じ、ぼくらの息子の誕生を目のあたりにした。そんなきみをなぜ手放せる?」

「でも、わたしの意思に逆らうような行為は許せないわ」

「逆らうことにはならない」ドナートは彼女に一歩近づいた。「きみはぼくに触れられたいんだ。そうだろう、ミア・ピッコーラ」

「いいえ、明日一番にイギリスへ帰るわ」

「それなら非常手段に訴えるしかない。きみがぼくのものだってことをわからせてやる。パオロはぼくらにとって早く授かりすぎた。だが、こうなったことを息子のせいにはしたくない」

「そうよ。パオロのせいじゃ……」グレイスはいきなり唇をふさがれた。がんじがらめの激しい抱擁。グレイスは体中の血が燃えたぎるような興奮に、屈辱感を覚えた。欲望に負けまいと決意していたのに、自分を抑えられなくなっている。

「グレイス、ああ、グレイス……」ドナートは唇を離し、あえぎながらつぶやいた。「無理強いはしたくない。きみを愛してるんだ。だからどうかぼくを拒まないでくれ。パオロの死は誰のせいでもない。彼は普通の人間が一生かかって得る愛情を、短い間に充分注がれたんだ」

その言葉が、ビアンカの毒に苦しんでいたグレイスには蜜《みつ》のように甘かった。彼女は最後の砦《とりで》をあけ放し、ドナートの首に両腕ですがって自ら唇を求めた。たくましい男の肉体と柔らかい女の肉体が、しっかりと抱き合った。

グレイスは戦いに疲れていた。なんの気力も残っていなかった。長い間の悪夢を消し去るために、彼の愛を確かめたかった。彼の激しく強靭《きょうじん》な欲望に圧倒され、安心感に浸りたかった。

「グレイス、ぼくの愛するグレイス」ドナートは彼女をそっと抱き上げ、唇を重ねたまま階段をのぼっていった。そして、かつて二人が涙を流し合った寝室へと入った。

グレイスはベッドに静かに横たえられた。服を脱いだドナートが欲望をみなぎらせた力強い裸体で歩み寄り、グレイスの服を花びらのように一枚一枚丁寧に脱がせていった。

やがて彼が体を重ねてくると、グレイスはその体にきつくしがみついた。彼の手が胸や太ももの内側をそっとなで回す。

「ぼくは毎晩夢に見ていた」彼はうわごとのようにつぶやいた。「きみが、こうしてぼくの体の下で喜びにあえいでいる姿を」

彼は柔らかい乳房に顔を埋《うず》め、固くなったつぼみを口に含んだ。グレイスの口から思わずうめき声がもれた。

二人が熱い息をはずませ合う中、ドナートの指と舌がグレイスの体の濡《ぬ》れた芯《しん》を巧みに攻めた。彼女は押し寄せる快感にすすり泣き、必死で彼にすがりついた。「ドナート、お願い、早く……」

「ああ、グレイス」

ドナートはグレイスの腰を引き寄せ、猛《たけ》り狂った欲望の塊を彼女の柔らかく引きしまった脚の間にゆっくりと押し入れた。「いいんだね？」両腕で自分の体を支えながら、彼女の顔をじっと見つめた。

「ええ、いい……」言葉がとぎれ、ドナートの激しい前後の動きにグレイスの体の奥は熱く波打った。喜びはさらに大きなうねりとなり、高い頂へと一気にのぼりつめていった。そして思わずドナートの名を口走った瞬間、彼女の頭の中で白い光がぱっと飛び散った。一度も味わったことのない、目のくらむようなまばゆい世界だった。

動悸《どうき》が静まり息の乱れがおさまると、ドナートはそっと体を離した。そして横向きに寝そべり、グレイスの背中をたくましい胸板に引き寄せた。「ゆっくりお休み。今はただ静かに眠るんだ。きみは家に帰ってきた。何もかもうまくいく。きっとだ」

グレイスにはもう言い争う力がなかった。憔悴《しょうすい》しきった体をドナートのにおいと感触に包まれ、いつしか心地よい眠りに落ちていった。

グレイスはまだ暗いうちに目覚めた。混乱した夢が疲れた心に、何かが間違っていると告げていた。静かに身動きすると、隣に温かい体があった。

ドナート……あれほど自分に言い聞かせたのに、わたしはとうとう彼を受け入れてしまった。ビアンカの残酷な言葉にうちのめされたショックで、ドナートの前で無防備な自分をさらけ出してしまった。彼を愛するがゆえ、パオロを失った悲しみから逃れたいがゆえ、わたしは甘い官能の誘惑に屈した。危うくバランスを保っていた小舟は、ひとたまりもなく転覆してしまった。彼と再び体を重ね合い、再び彼の独占欲を満足させてしまった。

だが、肝心な問題は何一つ解決していない。彼はマリアとの不貞について一言も触れようとしない。そんな人に体を許すなんて、わたしは精神的に自殺したも同然だ。この一年の孤独の苦しみには二度と耐えられないし、彼のもとに帰ったところで、再び裏切られることに怯《おび》えて暮らすだけ。

そう、将来については何もわからないのだ。ドナートは自ら犯した不義について、謝罪も説明もしない。ただわたしをそそのかして、自分の腕に飛び込ませただけ。グレイスは固く目を閉じ、胸が締めつけられるような苦痛に耐えた。自分は、なんて愚かなことをしてしまったんだろう。

「グレイス」背後で、ドナートの眠そうな声が聞こえた。「起きたのか?」彼は優しく言い、グレイスを振り向かせようとした。

「やめて！」彼女はベッドから飛び出すと、そばの椅子からローブをつかんだ。「説明するわ」

「説明？」彼は軽く笑った。「ベッドに戻るんだ、ミア・ピッコーラ。そうしたら説明を聞くよ」

「お断りよ。ゆうべのことは間違いなのよ。あんなことをしたって、もう何も変わらないわ」

「グレイス？」彼の声からのんびりした調子が消えた。彼はベッド脇《わき》の明かりをつけ、腰にシーツを絡みつかせたままベッドに起き上がった。「いったいどうしたっていうんだ」

「わたしは、ゆうべあなたと寝るべきじゃなかったのよ」グレイスは素早くローブをまとい、腰のベルトをきつく結んだ。

「何を言ってるんだ？」ドナートは得体の知れないものを見るような、いぶかしげな顔で言った。「ぼくらは夫婦なんだぞ。きみにはぼくと寝る権利があるんだ」

「とぼけないで！」グレイスは悲痛な顔で彼を見つめ、震えながら椅子に座った。

「とぼけてなんかいない」彼は深刻な事態を察したように、静かに言った。「夫婦は毎晩でもベッドで愛を交わすべきなんだ。ましてやぼくらの場合は一年ぶりじゃないか。きみに対して異常な求め方をしたとは思えない」

「わたしたちは愛を交わしたんじゃないわ」彼の言葉がしらじらしく聞こえた。「わたしたちがしたことは……」

「なんだって言うんだ？　きみは、ぼくらがしたことをなんだと言いたいんだ？　ぼくはゆうべ、自分の妻と愛を交わしたと思っている。きみのほうはどう思っているんだ？」

「開き直るのはやめて」ドナートの侮蔑《ぶべつ》的な口調に腹が立った。自分が不道徳呼ばわりされている気がした。「わたしを責めるなんてお門違いよ。あなたはマリアと……マリアと……」

「マリア？」ドナートはベッドを出てグレイスに歩み寄り、彼女を椅子から立ち上がらせた。褐色の顔で目がらんらんと輝いている。「マリアがいったいなんの関係があるんだ」

「彼女は最近、あなたとの曖昧《あいまい》な関係に見切りをつけて婚約したわ。知らないとは言わせないわよ」

「いったいなんのことなんだ」声の抑揚が少し変わった。やっぱり本当なのね、とグレイスは思った。「まずは黙ってきみの説明を聞こう。気がすむだけぼくをののしればいい」

「わたし……あなたに手紙を……」ドナートの険しい顔を見て、グレイスは恐怖にしばられた。

「手紙？」彼はグレイスの腕を突き放すと、床に脱ぎ散らかした服を拾い上げた。「なんの手紙だ、グレイス？」

「この家を出た時の、わたしの置き手紙よ」彼女は力なく言った。「その中ですべて説明したわ」

「そんな手紙はなかった」彼は服を着ながらグレイスを見つめた。たくましい腕と胸、あごの不精髭《ひげ》。彼は精悍《せいかん》で堂々としていた。この人をわたしは完全に失ったのだと、グレイスは思った。

「いいえ、たしかに置いていったわ。あなたとマリアとの関係を知ったから出ていく、そう書いたのよ。置き手紙もなしにわたしが出ていって、おかしいとは思わなかったの？」

「きみはパオロの死の重圧に耐えきれず、一時的にすべてを放棄したかったんだろうと思った」

「ドナート」

「なのにきみは、ぼくが愛人を作ったなどと……ぼくはパオロを亡くし、自殺寸前のきみを抱え、そのうえ愛人を作ったと妻に疑われていたのか」

ドナートは裏切っていないの？　グレイスに初めて疑問が押し寄せた。けれどももう遅い。今さら信じたからといって、彼はわたしを許しはしないだろう。

「きみに初めて会った時、ぼくは新鮮な感動を覚えた」ドナートは硬い口調で言った。「きみはぼくを完全に満たしてくれた。ほかの女性の入り込む隙《すき》などなかった。ぼくはきみとの出会いを毎日神に感謝していた。わかるか、グレイス」軽蔑の口調だ。「なのにきみは、ぼくが裏切るんじゃないかと毎日疑っていた。そうなんだろう？」

「違うわ」グレイスは茫然《ぼうぜん》と答えた。

「どうかな。ぼくに愛人がいるなんてことを、いったい誰に吹き込まれた？　ぼくの知り合いか？」

「ええ」ビアンカの名がのどまで出かかった。だが言っても彼は信じないだろう。自分の妹に結婚を壊されたなどとは。ああ、あの日リリアーナにすべてを打ち明けていたら。そうすればこんなことにはならなかったろうに。

「名前を明かすつもりはないんだな？　きみはなんの根拠もない他人の言葉をうのみにして、黙ってぼくを捨てていった。そんなきみを、ぼくがどうして信じられる。きみはぼくに裏切ってほしかったんだろう？　そうだよ、グレイス、そんな手紙はなかったんだ。きみはただ、ぼくにいや気がさして出ていきたくなっただけなんだ。そうだろう？」

「違うわ、ドナート。そうじゃないのよ」だがグレイスは、考えてみればそのとおりだと思った。彼と一緒に暮らしていた間、自分はずっと彼の顔色をうかがっていたのだ。けれども、今わき上がっている苦い自己嫌悪と激しい憤懣《ふんまん》は、今までのものとはまったく別のものだった。「お願い、信じて。手紙は本当に置いていったのよ……」

「ぼくは、きみを一時的に解放してやりたいと思った」彼はグレイスの言葉には耳も貸さず、辛辣《しんらつ》な口調で言った。「きみが安心感を得て、現実をきちんと認識できるようになるなら、ぼくはどんな犠牲もいとわない決意だった。きみが日増しに憔悴していくのはパオロのせいだ、ぼくがきみに結婚を早く迫りすぎたからいけないんだ、すべてぼくのせいなんだ、そう思っていた。リリアーナも同じ考えだったよ。あの誕生パーティーの晩、きみは早めに部屋に引きあげた。ぼくは母と二人で散歩をしながら、じっくり話し合って結論を出したんだ。ぼくは当分の間、きみを陰から助ける努力をしようと。代わりにきみを見守る役目はリリアーナが引き受けることにした」

「なぜ……わたしにそう言ってくれなかったの？」グレイスは弱々しくつぶやいた。「わたしは、自分があなたに愛想を尽かされたんだと……」

「きみはどこまで愚かなんだ！　ぼくをそんな浅はかな人間だと思っていたのか？　ぼくはきみを愛していたんだ。きみの傷を癒《いや》すためなら自分の人生さえなげうつ覚悟だった。きみは不幸な生い立ちのせいで、すぐに自分を追い込もうとする。そんなきみを心から不憫《ふびん》に思っていた。それなのに！」彼はこぶしを手のひらに打ちつけた。「いったいぼくをどんな人間だと思ってたんだ？　きみはそんなに信用ならない男と、どうして結婚なんかできたんだ？」彼の苦悶《くもん》に満ちた口調にグレイスは身を引き裂かれる思いだった。

「違うわ……違うの……」

「何が違うんだ！　この一年間、ぼくが愛人を作ったとずっと思い続けていたんだろう？　こっちの気も知らずに、ぼくへの不信感をひたすらつのらせていたんだ。きみは本当にぼくを愛していたのか？　一度だってそんなことはなかったんじゃないのか？」彼の目は他人を見るように冷ややかだった。

いいえ、あなたはわたしのすべてよ。あなたと離れていたこの一年間、身を切られるように辛い毎日だったわ……ドナートを深く傷つけたショックで、その言葉が口から出ない。

グレイスは言葉を探して立ちつくした。自己嫌悪と罪悪感に胸が詰まる。思考が空回りする。その彼女の横をドナートは冷たく通り過ぎ、ドアの向こうに姿を消した。ドアは静かに、悲しいほど静かに閉ざされた。

9

グレイスはバルコニーに座って満天の星空をながめながら、ビアンカは本当にわたしとドナートを引き裂こうとしたのだろうか、と考えた。

ビアンカ自身も、自分の兄とマリアとの関係を信じ込まされたのだろうか。ドナートにずっとご執心だったマリアが、願望を現実のことのようにビアンカに話したということもありうる。

それとも、ビアンカはうとましく思っていたわたしを、パオロの悲劇につけ込んで一気に追い出しにかかったのだろうか。

自分がそこまで嫌われていたのかと思うと、やりきれなくなる。

夜空が、次第に藤《ふじ》色に変わっていった。それまで記憶の底に眠っていた苦々しい光景が、ふとグレイスの脳裏によみがえった。

ドナートは婚約を発表すると、新郎新婦の付き添い役をロマーノとビアンカの夫婦に頼んだ。ロマーノは一も二もなく承諾してくれたが、ビアンカは怒りで顔を赤くしたまま無言だった。ロマーノは彼女を散歩に連れ出した。そして戻ってくると、彼女は付き添い役を引き受けた。夫に説得されて、いやいやだったにちがいない。

すでにあの時から、ビアンカはわたしに敵意を燃やしていた。そして彼女はわたしと二人きりの時にだけ、それをあらわにした。

でも、ビアンカがここまで狡猾《こうかつ》な嘘《うそ》をつくだろうか。マリアの空想に乗じて意地悪をしただけで、わたしたちの結婚を壊すほどのつもりはなかった、そう信じたい。当時ビアンカはすでに結婚していて、カーサ・ポンティーナを出ていた。彼女にはロマーノと二人、別の町での、別の暮らしがあったのだ。

「そうよ、ありえないわよ」グレイスは声に出して言った。あたりには、夏の新鮮な早朝の香りがたちこめてきた。今日も暑くなりそうだ。

考える気力のないまま朝食室へ下りていくと、ロレンツォが一人きりでスクランブルエッグを食べていた。

「ドナートはまだなの？」高鳴る胸を抑えて、グレイスはさりげなくきいた。

「もう出かけたみたいだよ」ロレンツォは明るく無邪気に答えた。「さっき部屋をノックしたら返事がなかったんだ。だからドアをあけたら、誰もいなかった。ドナートは時々朝早くから仕事に行くんだ。会社の大事な人間なんだよ」ヴィトーリア家の威厳のこもった口調だ。

「そうね」ドナートがどんなに大事な人か、グレイスは彼を失った今、身にしみて感じていた。ドナートを愛している。一生愛しながら死んでいくだろう。でもその前に、ビアンカとマリアとの間で実際に何があったのかを突き止めなければ。

そうしたところで今さらどうにもならないことはわかっているが、せめて真実を知ってからイタリアを去りたい。自分はもはやドナートを失った。彼の愛情とヴィトーリア家の鉄壁のようなプライドを、ずたずたに傷つけてしまった。彼は決してわたしを許さないだろう。そう、わたしは彼に許してもらう資格のない人間なのだ。

彼はこれ以上のいさかいを避けて、静かにわたしをイギリスへ帰らせるつもりだ。それがせめてもの思いやりだと、彼は考えているのだろう。

そういえば、わたしはイギリスでの生活を探られていたことで、彼をさんざんなじったんだわ。

〝わたしをスパイしてたのね！　信じられないわ……人を雇ってわたしを監視させるなんて、よくもそんな卑怯《ひきょう》なことが……〟そう非難されても、ドナートはただ氷のような態度で、言い訳をしようとはしなかった。

彼の今の態度もそれと同じだ。じっと沈黙と威厳を保つ、それがヴィトーリア家の人間のやり方なのだ。

その時、若い家庭教師のシニョール・デ・メディチがロレンツォを迎えにやって来た。

彼はグレイスと二言、三言挨拶《あいさつ》代わりの言葉を交わすと、ちょうど朝食を食べ終えたロレンツォを連れ、部屋を出ていった。

一人になったグレイスは、一列に並んだビュッフェの皿をぼんやり見つめた。食欲がまるでない。

「おはよう」突然、背後に低音の声が響いた。

グレイスはびくりとした拍子に、ひざをテーブルの角にぶつけてしまった。ドナートは彼女のほうは見向きもせず、ビュッフェのほうへ歩いていく。

普段どおり、身につけているのはグレーの短いタオル地のローブだけで、シャワーを浴びたばかりなのだろう、胸毛に水の滴が光っている。グレイスは動悸《どうき》を覚え、胸の奥がきりきり痛んだ。「まあ、あなたはもう出かけたのかと……」

「ほう」ドナートは振り向きもしない。「がっかりさせて悪かったね。社へ行く前に片づけておくことがあったんだ。ゆうべのうちにすませておくつもりだったが、それどころじゃなかったからね」そう言って冷ややかにグレイスを見た。

「そう、じゃあ書斎にいたのね。それでわかったわ」ドナートのよそよそしい視線が辛《つら》い。愛でも怒りでもない、まったくの無関心な目。

「何がわかったんだ?」

「ロレンツォが、あなたが部屋にいなかったから、もう会社へ出かけたんだと思ったらしいの」しどろもどろで言った。まるでロボットを相手にしゃべっているようだ。

「ロレンツォが……そうか」ドナートはグレイスの正面の席に座り、温かいクロワッサンを黙々と食べ始めた。「彼は今、シニョール・デ・メディチといるんだろう?」

「ええ。あの……わたし、あとどのくらいロレンツォのそばにいるべきかしら」びくびくしている自分が憎らしかった。

なのにドナートのほうは、自信と威圧感に満ちている。父親から受け継いだヴィトーリア帝国を、いとも簡単に牛耳っているわけだ。部屋に彼が一歩入ってきた瞬間から、グレイスは昔の臆病《おくびょう》な少女に逆戻りしてしまった。自分の夫だった男性の前でだ。これからは過去の思い出と、彼のいない人生の苦しみに耐えなければいけないのに。

「なぜぼくの意見をきくんだ? ビアンカやジーナやアンナにでもきけばいいだろう? きみにとってはぼくよりも彼女たちのほうが、ずっと信頼できるだろうからね」

「お願い、そんなこと言わないで」

「そんなことって、どんなことだ?」彼は立ち上がった。「きみはぼくをどんなふうに考えてるんだ、グレイス? 具体的に説明してほしいね。互いの絆《きずな》はほかの誰にも邪魔できないほど固い、ぼくはそう信じていた。だがすべてはまやかしだった。ぼくらは別々の見知らぬ他人同士にすぎないんだ」

「ドナート……」

「ぼくはきみにすべてを与えた。いや、物という意味ではない」彼は室内の贅沢《ぜいたく》な装飾品を手ぶりで示した。「ぼくの心、魂という意味だ。ぼくがほかの人間には決して見せたことのない、心の奥底をだ。ところがきみが見ていたのは、結局のところぼくの外面だけだった」

「そんなことないわ。ドナート、聞いて……」

「今さら言い訳は聞きたくない。きみは悪意のこもったゴシップや根も葉もない噂《うわさ》を信じ、一度としてぼくに直接確かめようとはしなかった。パオロが死んだ直後、マリアはナポリのオフィスに部下のエミーリオの秘書として入ってきた。だがぼくは、彼女とは社内のエレベーターで時たま顔を合わせるくらいだった」

「ええ、わかってるわ」

「いいや、きみはわかってない。全然わかってないんだ。ぼくはエミーリオが彼女を雇ったことを、事前にまったく知らされなかった。だが知らされたとしても反対はしなかっただろう。なぜなら、彼女はぼくにとってなんの関係もない人間だからだ」

「ドナート……」

「何か疑ってたなら、なぜ真実をぼくに確かめようとしなかった？　ぼくはわざわざそうする価値のない男なのか？　きみはぼくを有罪と決めつけ、さっさとぼくから去っていった。きみがしたことはたったそれだけだ」

彼の言うとおりだ。グレイスは何も言い返せなかった。「ごめんなさい」

「きみはぼくを捨てて出ていった。ぼくの母が死ななかったら、いまだにここへは戻っていないはずだ。そうだろう？　ぼくのいないところで、充実した新しい生活を送っていたんだろう？」

憤然として部屋を出ていくドナートを、グレイスはただ黙って見送った。こなごなに引き裂かれた心で、茫然《ぼうぜん》と虚空を見つめていた。

少しすると、ジーナが料理を下げようと部屋に入ってきた。グレイスは急いでジュースの入ったグラスに手を伸ばした。

「すみません、シニョーラ。静かでしたので、どなたもいらっしゃらないのかと」ジーナは面目なさそうに部屋を出ようとした。

「いいのよ、ジーナ。ちょうど終わったところなの」グレイスはぎこちなくほほえんだ。

「ほんとにすみません。毎朝ベニートにポーポーの実をやってるんですが、遅くなるとうるさく催促するんです」若いメイドは残った料理から、その果実をいくつか皿にすくい出した。

「よかったら、わたしが代わるわ」グレイスはジーナの手から皿を受け取った。「あなた、ベニートが少し怖いんでしょう？　遠慮しないで。今朝はわたしが代わるわ」

「本当ですか、シニョーラ」ジーナは明らかにほっとした様子だ。ジーナもアンナも、あの癇癪《かんしゃく》持ちのオウムが少々苦手で、ベニートはそれを承知のうえでわざと彼女たちを鋭い爪で威嚇する。

「もちろんよ」グレイスは立ち上がり、早足で居間へ向かった。

目ざといベニートは、すぐさま皿にのったポーポーを見つけ、止まり木の上でダンスを始めた。「クダモノ、クダモノ、ンーマッ」好物を出された子供そっくりに、舌鼓を打った。

「はいはい、今あげるわ」グレイスが最初の一切れを与えると、ベニートはむしゃむしゃと嬉《うれ》しそうにほおばった。が、二切れ目をあげようとした時、卓上の電話がけたたましく鳴った。

「シニョーラ・ヴィトーリアを」グレイスが反射的に受話器を取ると、居丈高な声が聞こえてきた。ビアンカだ。彼女はメイドに対して、前からこういう口のきき方をする。

「ビアンカね」グレイスはそばの椅子に座った。ベニートは残りのポーポーをうらめしげに見つめながら、鋭く抗議の声をあげた。

「そうよ。グレイス、今一人なの？」

「ええ、この部屋にはわたし一人よ。ビアンカ、わたし、知りたいことが……」

「電話したのは、あなたがいったいいつイタリアを出ていくのか、きくためよ」ビアンカがぴしゃりと言った。「自分で言ってたでしょ。イギリスに仕事も生活もあるって。さっさと帰ったら？」

「なんてこと言うの、ビアンカ。あなたは基本的なことを忘れてるわ。ここはわたしの家なのよ。そしてドナートはわたしの夫よ」

「ふん、自分から逃げ出しておいて図々《ずうずう》しいわね。それに、ドナートはもうあなたを愛してないわ。これ以上あなたがイタリアにいる必要は……」

「あるわ」

グレイスの決然とした口調に、さすがのビアンカも少しひるみ、電話の向こうで息をのむ音がした。「じゃあ、ドナートとよりを戻したの？」

「あなたにそんなことをきく権利はないわ。あなたには関係のないことよ」

「関係あるわよ。ドナートはわたしの兄よ」

「ええ、そしてわたしの夫でもあるわ。あなたは気に入らないでしょうけど、ここはわたしの家なの。だからはっきり言うわ。もうここには来ないで。マリアから何を聞かされたのか知らないけど、あなたがわたしとドナートを引き離そうとしたことは事実だわ」

「おあいにくさま。わたしをその家から締め出すことはできないわよ。わたしにはあなた以上にそこに住む権利があるわ。それから、ドナートをママやロレンツォみたいにわたしから横取りしようとしても無駄よ。あなたの魂胆はわかってるわ」

「そう思いたいだけでしょう。わたしはリリアーナもロレンツォもあなたから奪った覚えはないわ。だって二人はあなたの家族じゃないの。ドナートだって、あなたのお兄さん……」

「そんなこと言われなくてもわかってるわ！」

「ビアンカ、マリアのことは全部嘘だったんでしょう？　マリアの空想でもなくて、すべてあなたがでっち上げた作り話でしょう？」

重い沈黙が漂った。すると突然ベニートが、たびたび耳にした天敵ビアンカの名と、好物を目の前にしながら食べられない鬱憤《うっぷん》から、狂ったように暴れだした。

「ドナートにもそう言ったの？」ビアンカがやや冷静さを取り戻した口調で言った。

「いいえ、まだよ。じゃあ、やっぱり本当なのね。あなたはまったくの嘘を、少しずつわたしに吹き込んだのね。さあ、正直に認めたらどうなの」

「違うわ。あなた、わかってないのよ。真相は別にあるの。ゆっくり話し合いたいわ」

「ええ、いいわ。どうぞ話して」

「電話じゃだめよ。直接二人だけで会って話したいわ。ねえ、うちへ来たら？　コーヒーでも飲みながらゆっくり話しましょうよ」

「ビアンカ、あなたがこっちへ来ればいいでしょう」グレイスは敵の陣地へ行きたくなかった。おじけづいている自分が情けないが、彼女は昨夜からのビアンカの冷酷な仕打ちや、ドナートとの言い争いで憔悴《しょうすい》しきっていた。とても冷静に物事を考えられる状態ではない。しかもビアンカを相手に話し合うには、相当なエネルギーが必要だ。ビアンカは一筋縄ではいかない、信用のならない相手なのだ。

「いいえ、グレイス。あなたがこっちへ来て。カーサ・ポンティーナは人が多くて落ち着かないわ。わたしたち二人だけで、ゆっくり話し合うというわけにはいかないでしょう？　グレイス、あなたはマリアのこと何もわかってないわ。彼女はね、精神的にまいってたの。わたし、本人から詳しく相談を受けてたからよく知ってるのよ。それをあなたに全部話すわ」

「わかったわ」断る理由が見つからない。それにビアンカはドナートの妹だ。どうしても彼女の口から真実を聞きたい。「でも、マリアがドナートと何もなかったことはもうわかってるのよ。彼本人からそう聞いたんだから」

「ええ、ええ、そうね」ビアンカは猫なで声であやすように言った。

「じゃあ、これからすぐに行くわ」

「グレイス、ここに来ることは内緒にしておいたほうがいいわ。町へ買い物に行くとでも言ったら？　そのほうが邪魔が入らなくてすむから」

運転手のアントーニオは厨房《ちゅうぼう》で、ジーナやアンナたちとコーヒーを飲んでいた。グレイスは彼に頼んで、パオロが生まれた直後にドナートが買ってくれた、フィアットの赤いクーペのキーを出してもらった。アントーニオはもうしばらくしたらドナートをオフィスへ送っていくはずだから、彼には町へ行くと告げた。そしてドナートが現れないうちに、そそくさと家を出た。

朝の陽光を浴びながら、グレイスは屋敷の涼しい裏庭を突っ切って車がずらりと並ぶガレージへ向かった。空は雲一つない、真っ青な晴天だ。

自分のクーペとは久しぶりの対面だった。しなやかで小粋《こいき》なデザインのボンネットと、コンパクトなボディ。運転席におさまると、アントーニオがメルセデスの準備にやって来ないうちにとすぐに出発した。内心では、果たして本当にベッリーニ邸へ行くべきなのかどうか激しく迷っていた。

だがビアンカとの話し合いはぜひとも必要だ。たとえドナートが真相を信じなくても、それはそれで仕方ない。愚かだった自分が悪いのだ。

ベッリーニ邸はソレントのサンタンジェロ地区にあり、周囲をロマーノが所有する広大なオレンジ畑に囲まれている。赤いフィアットは明るい太陽の下、舗道カフェやしゃれたピザの店が並ぶ細く曲がりくねった道を走った。

グレイスはそわそわした。小さいころから人と面と向かって対決するのは苦手だ。けれども今はそう言っている時ではない。自分が結婚当初からドナートの妻として強い態度で出ていれば、こんなことにはならなかったろうか。でも、わたしはわたし。ビアンカの敵意に対抗して好戦的になれと言われても、そんなのは無理だ。

ただし今度だけは例外だ。ドナートのためにも、嘘偽りを容赦なく徹底的にあばかなければ。自分にできることはもうそれしかない。

まぶたの熱い涙を、グレイスは歯を食いしばってこらえた。今は泣けない。将来を憂えている場合ではない。ビアンカとの対決に集中するのだ。

ベッリーニ邸に着くと、門は開いていた。グレイスは車をゆっくりと玄関前の庭に乗り入れた。

そのヴィラは、由緒正しいベッリーニ家代々の美しい屋敷だ。赤い蔦《つた》とブーゲンビリアに飾られたクリーム色の壁が、朝の穏やかなぬくもりの中に静けさをかもし出し、錬鉄の手すりのついたバルコニーと鉛の窓枠が歴史の重みを感じさせる。そして庭の中央には涼しげな噴水と、丸々と太った鳩《はと》たちの鳩舎《きゅうしゃ》があった。

グレイスは車のエンジンを切り、花の香りや噴水の音、くーくーという鳩たちの鳴き声に耳を澄ました。きたるべき緊迫の時に備える。

装飾の美しい玄関のドアが開き、ビアンカが姿を現した。ほっそりとした体に純白の長いドレス、後ろに高く結い上げて白い小花の飾りをあしらった黒髪。相変わらず冷然と気高いが、相変わらず柔らかみも人間味もなかった。

「チャオ、グレイス」ビアンカは気取った表情でほほえんだ。「どうぞ、入って」

「ありがとう」そぐわない言葉だとグレイスは思った。悪いことをした人間に感謝するなんて。

邸内はどこもかしこも金色の板張りで、優雅な調度類にあふれていた。ビアンカに案内されて入った居間は広々として細長く、花の香りに満ちた庭園に向かって大きなフレンチドアが開いていた。

「本当に来たのね」ビアンカが軽蔑《けいべつ》するように言った。「あなたにそんな勇気があったわけね」

「勇気はイタリア人特有のものじゃないわ」グレイスは静かにビアンカを見つめた。「それに、わたしはドナートを信じているもの。彼はマリアとは何もなかったのよ。あなたがなんと言おうとね」

「ここへ来ることは誰かに言った？」

「いいえ、だって約束……」

「そうよね、あなたは約束を守る人だものね。純粋でかわいい、上品なグレイスだもの」

「けんかが目的なら帰るわよ、ビアンカ」

冷静なグレイスにビアンカは少し驚いた顔で、唇の乾きを舌で湿した。「いいえ、そんなつもりはないわ、グレイス。説明したいだけ」

「だったら説明して」

「そこにかけて。今コーヒーを持ってくるわ」ビアンカは、グレイスがフレンチドアのそばの安楽椅子に座るのを緊張の面持ちで見届けてから部屋を出ていった。そしてじきにコーヒーのトレイを手に戻ってくると、片方のカップをグレイスに手渡し、椅子にかけた。

「マリアが結婚することは言ったわね」

「ええ」

「これで彼女は自分の家と夫を持つことになるわ。ドナートとのつき合いもなくなるわね」

「そんなつき合いなんか二人にはなかったわ、ビアンカ」グレイスはカップをテーブルに置き、ビアンカのアーモンド形の目を見据えた。「マリアだってそんなことは一言も言ってないはずよ」

「それが言ったのよ」ビアンカは揺るぎない視線で断言した。「でも、そんなことは今さらどうでもいいことだわ。マリアは結婚するんだし、あなたはイギリスへ帰る。今さらもう……」

「冗談じゃないわ！」グレイスの声が高くなった。「もしマリアがそんなことを言ったのなら、彼女はそれをドナートとわたしの前で撤回すべきよ」

「どうして？　もう終わったことじゃないの。彼女の話をただわたしが勘違いして……」

「そう、だったらマリア本人にきけばわかるわね。ドナートと一緒に彼女と会うわ」

「だめよ」ビアンカは冷静さをかなぐり捨てて立ち上がった。カップが床に落ちて割れ、コーヒーが周囲に飛び散った。「彼女を必要もなく苦しめることは許さないわ」

「なんですって、ビアンカ！」グレイスは今はっきりわかった。ビアンカは嘘をついているのだ。「何もかもあなた一人の仕業よ。マリアは関係ないわ。わたし、絶対に許さないわよ」

「許さないですって？」ビアンカは自分の窮地を悟ったらしい。グレイスをうまく丸めこもうとした最後の賭《かけ》は、失敗に終わったのだ。

「許さないのはこっちのほうだわ。あなたはママやロレンツォをわたしから奪い取ったのよ。ヴィトーリア家の娘はこのわたしよ。あなたじゃないのよ。ドナートだって息子を死なせたあなたを愛せるわけがないわ。あなたがイタリアを出ていけば、彼も大喜びのはずよ」

「わたしはパオロを死なせてなんていないわ。あれは揺りかご死なのよ。誰の過失でもないわ」グレイスは立ち上がった。「なぜそんなこと……」

「わたしだったら、わたしだったら理想の母親になれるわ。なのにそれができないなんて……」ビアンカはグレイスの言葉が耳に入らないかのように続けた。「どこかが間違ってるのよ。グレイス、あなたはパオロを死なせたくせにみんなから同情された。わたしのことなんて、誰も気にかけなかった。こんなの不公平よ。あなたは相手がドナートじゃなくても、また子供を産める。でもわたしは……」

「あなた、わたしのことをロマーノの面汚しだって言ったわね。わたしなんか女じゃないって！」ビアンカはあえぎながら言った。「おあいにくさま。男たちはみんなわたしに言うわ。きみこそ正真正銘の本物の女だって」

「もうたくさんよ」

「ふん！　あなたは結局イギリス人なのよ。情熱がないのよ。だから夫の浮気を疑ったりするのよ。あなたがそこまでばかな女だとはね。わたしの手にやすやすと引っかかって、いいきみだわ。勝ったのはわたしよ。わかる？　わたしは自分のものは絶対に手放さないのよ」

「聞いて、ビアンカ。あなたが子供を産めないことは心から気の毒だと思うわ。でもわたしには知りようのなかったことよ。それに、あなたの後釜《あとがま》に座るつもりはこれっぽっちもなかったわ」

「この大嘘つき」ビアンカが敵意をこめて言った。「イギリスへ逃げ出す前にママのところへ駆け込んだくせに。見てたのよ、わたし。まだ家の中にいたのよ。あなたたちの会話も一部始終聞かせてもらったわ。ママが出ていかないでとあなたに懇願するところもね。わたしはあなたが出ていったあと、ドナートの書斎にあった鍵《かぎ》で寝室へ入ったわ。そして置き手紙を見つけたのよ」

「あの手紙を！」グレイスは唖然《あぜん》とした。犯人はビアンカ。そう、最初からそれしかありえなかったのだ。「ひどいわ！　バンビーナ・ポンティーナへ勝手に忍び込んで、そのうえ手紙まで！」

「薄汚い手紙ね」ビアンカがあざけった。「あれを読んで、心底あなたを軽蔑したわ。ドナートとわたしを引き離そうとする意図がありありだった。だけど相手が悪かったわね。わたしのほうが一枚上手だったのよ。いいこと、これ以上がたがた言うつもりなら、わたしは何もかも否定するわよ。ドナートだってきっとわたしの言葉を信じるわ。そうすればあなたは、ドナートとの赤ん坊をもう二度とわたしに見せびらかすことは……」

「ビアンカ」開いたドアからの一声に、ビアンカもグレイスも雷に打たれたように飛び上がった。振り向くと、ドナートの長身の姿があった。

「まさか、そんな……」ビアンカの顔から血の気が引き、グレイスはめまいがして椅子に沈み込んだ。「どうしてここに……誰もここには……」ビアンカがつぶやいた。

「だがぼくはここにいる」ドナートは静かな口調で言った。「だから何もかも終わったんだ」

「グレイスが……わたしに言いがかりをつけてきたの」ビアンカはグレイスに人差し指を向け、普段ドナートに見せている表情に戻って言った。「彼女があなたを捨てる口実のために、何もかもわたしのせいにしようと……」

「もう遅いよ、ビアンカ」ドナートは一歩進み出た。「最初から全部聞いていた。だから終わったんだ。きみは医者に診てもらったほうがいい」

「医者なんかいらないわ」ビアンカの顔から可憐《かれん》な妹の仮面がはがれ落ちた。「何よ、いつも偉そうに。あなたなんか嫌いよ。わたしは自分のしたいことをするのよ。誰の指図も受けないわ」

グレイスにここ数週間の緊張と昨夜のショック、睡眠不足、食欲不振が、一気に襲いかかった。目の前が徐々にかすみ、やがて真っ暗になった。

「グレイス、大丈夫か、グレイス！」ドナートの力強い二本の腕がしっかりと彼女の体を支えた。

「ドナート……」

「目をあけるんだ、グレイス。ぼくを見るんだ。どこかけがはないか？」グレイスは彼のたくましい胸元に抱き起こされ、かろうじて意識を保った。

「ええ、大丈夫よ……」

ドナートはグレイスを抱きかかえて椅子に座り、心を痛めた子供をあやすように、ひざの上の彼女にささやきかけ、髪を優しくなでた。グレイスは声をあげて泣きたくなったが、その苦痛の裏のどこかで、これで今度こそ本当に大丈夫だという、甘い安らぎを感じていた。

10

グレイスは泣きたいだけ泣いてから、ようやく顔を上げた。涙でぐしょ濡《ぬ》れになった頬に、乱れた髪がへばりついていた。

「さあ」ドナートは濡れた巻き毛を、指でそっと払いのけた。そしてグレイスの顔を両手ではさみ、そのしょっぱい唇にキスした。するとグレイスが小さくしゃっくりを始めた。

ドナートは静かに立って大きなカクテル・キャビネットに歩み寄り、すぐに丸いグラスにブランデーを注《つ》ぎながら戻ってきた。「グレイス、これを飲んでごらん。落ち着くよ」

そう言って彼はグラスをグレイスの口元まで持っていき、アルコールの苦手な彼女に無理にでも飲ませようとした。「さあ、思い切ってごくんと飲むんだ」

熟成したブランデーが胃の中でかっと燃えた。グレイスは少しむせたが、ドナートの言ったとおり、少しすると気分が落ち着いてきた。呼吸もだいぶ楽になった。

ドナートはグレイスの前にしゃがみ込んで、彼女の顔をじっと見つめていた。

「ビアンカは?」グレイスはやっとの思いで、震えながらきいた。「彼女はどこにいるの?」

「わからない。部屋を飛び出して二階へ上がっていった。そのあと外で車のエンジン音が聞こえたから、たぶん気持を静めるためにどこかへドライブに行ったんだろう」

「ドナート……」グレイスが唇を震わせると、ドナートは彼女を素早くフランス窓のほうへ連れていった。そして庭にそって続いている柱廊へ出て、そこにいくつか置いてあった大きな籐《とう》椅子にグレイスを座らせた。

「大丈夫だよ。きみは今、ぼくの愛と明るい太陽に包まれている。何も心配はいらない。二度ときみに怖い思いや悲しい思いはさせない。きみがもしぼくを許してくれるなら、これからはどんなことでも必ず二人一緒に……」

「許す?」一瞬、ほんの一瞬、グレイスはドナートはマリアとの関係を認めているのだろうか、と思った。だがすぐに気を取り直し、その疑念を完全に振り払った。悪魔はこれで去った。ドナートを疑うようなことはもう決してない。グレイスは、彼の前でひざまずいてそう誓いたかった。「あなたを許すなんて、とんでもないわ、ドナート。悪かったのはわたしのほう……」

「それは違う!」ドナートは自らを叱《しか》るように言って、グレイスの前にひざまずいた。彼の表情には苦悩がにじみ出ていた。「ぼくの理解が足りなかったんだ。きみはゴシップをゴシップとして聞き流せるような状態になかった。きみはそれだけ純粋だったんだ。ぼくはそれに気づくべきだった。なのに、きみと何カ月も離ればなれでいた寂しさで、心に余裕がなくなっていた。きみはイギリスでの孤独な生活に立派に耐えていたのに、ぼくにはできなかった」

「わたしだって耐えられなかったわ。ただ生きていただけよ。魂の抜け殻だったのよ」

グレイスが両手を差し伸べると、ドナートは彼女を抱き上げて椅子に座った。彼はひざの上に彼女を座らせたまま、熱くて長いキスをした。

「愛しているよ、グレイス」ドナートがささやく。「いつだって愛している。ずっと愛している。きみが何もできなくても、何も言えなくても、ぼくの愛の深さは少しも変わらない。きみはぼくにとって、生きることの証《あかし》そのものだ。きみのいない世界は無と同じだ。ぼくの気持をわかってくれるね？　ぼくを信じてくれるね？」ドナートは涙に潤んだグレイスの瞳の奥を、静かに見つめた。「本当に信じてくれるね？」

「ええ、信じるわ」グレイスはついに誓った。

「パオロの死、互いに離ればなれの生活。なぜこんな辛《つら》いことがぼくらに起こったのか、今も理由はわからない。だがこの経験で、ぼくのきみへの愛はますます強まった。これは嘘《うそ》じゃない。ビアンカと対決している時のきみを見て、ぼくは……」

「もう終わったのよ」グレイスはドナートの額の黒髪を優しくなで、険しい顔をした彼を慈愛に満ちた表情で見つめた。彼のほうがわたし以上に苦しいにちがいない、とグレイスは思った。ビアンカは彼にとって妹なのだから。「でも不思議だわ。なぜここがわかったの？　わたし、行き先は誰にも言わなかったのに」

「かんかんに怒ったオウム以外にはね」

「えっ、ベニート？」

「そう、ベニートだ。ぼくは今朝、どうしてもオフィスへ行く気にはなれなかった。きみとじっくり話し合って、今のもつれた状況をなんとか打開したかった。ところが、いざ朝食の席できみと会ったら、どう切り出したらいいのかわからなくなって」

「まあ」グレイスは驚いた。ドナート・ヴィトーリアが、口にする言葉に迷うなんて、とても信じられない。

「きみは自分の力に気づいてないんだ。ぼくに対して、どんなに大きな影響力を持っているかを」彼はささやきながら、グレイスの頬からほっそりした首筋へ指をたどらせた。

「ぼくは仕方なく、頭の中を整理しようと少しの間散歩に出た。そして戻ってみたら、ベニートが耳をつんざくような声で鳴きわめいていた」

「そうだわ、ポーポーの実！」グレイスは頬に両手をあてた。「途中でお預けの状態だったんだわ」

「そのとおりだ。大好物を食べられないうえ、ビアンカの名を何度も聞かされて、ベニートは欲求不満の極致だった。きみとビアンカの名前を、狂ったように繰り返していたよ」

「それで、あなたはここへ」

「そう、ここへ来た」

「ドナート、実は彼女……子供を産めない体だったのよ。ロマーノからは何か？」

「いや、何も聞いてない」ドナートはグレイスの体をぎゅっと抱き寄せた。「ロマーノとぼくは兄弟同然だ。これから彼に連絡して、すぐに自宅へ戻るよう言うつもりだ。辛い思いをさせることになるが、避けて通るわけにはいかない。きみがぼくのそばにいる限り、また同じことが起きる可能性がある。今ここできちんと対処しておかなければ。ビアンカはおそらく病気なんだろうと思う。事情はわかるね、グレイス？」

「ええ。彼女のしたことについてはもうこだわらないわ。わたしたち二人で、彼女の助けになってあげましょう」

「グレイス……」心の痛みを振り払うかのように、彼はグレイスの唇を激しくむさぼった。二人の心は再び一つになった。グレイスは喜びに燃え、彼の口づけに応《こた》えた。「ロマーノに連絡するが、きみもぼくと一緒にここに残ってくれるか？」

「わたしは、いつでもあなたのそばにいるわ」

「そうだよ。これからはずっとだ」

三十分後、連絡を受けたロマーノがナポリから戻ってきた。外にフェラーリの力強いエンジン音が響いたとたん、ドナートはすっくと立ち上がり、玄関へ向かった。グレイスは家の裏手の涼しい柱廊で、一人静かに座って待っていた。

ドナートとロマーノの間で具体的にどんな会話が交わされたのかはわからないが、しばらくして二人はグレイスの前に現れた。ロマーノは顔面蒼白《そうはく》だった。彼はグレイスに歩み寄り、挨拶《あいさつ》をしようと立ち上がった彼女をそっと両手で抱き寄せた。普段きまじめで少々もったいぶっている彼からは、想像もつかない行動だ。よほどショックを受けているのだろう。グレイスは涙がこぼれそうだった。

「グレイス、本当になんと言ったらいいか」全員で着席すると、ロマーノが切り出した。「きみがどんなにか傷つき、苦しんだかと思うと……」彼はかぶりを振った。「本当にすまない。ビアンカがマリアについて勝手な話をしていたなんて、全然知らなかった。ただ、ビアンカがずっときみに嫉妬《しっと》していたことはわかっていた。しかしあくまでそれは、きみがドナートの結婚相手だからであって、きみの人柄が理由ではない。ビアンカはヴィトーリア家に魅力的な若い女性が仲間入りするのが、どうしても気に食わなかったんだ」

「ロマーノ……」グレイスは先を続けるべきかどうか、考えあぐねてから言った。「ビアンカは自分には子供ができないと言ってたわ。それは本当のことなの？」

「半分は本当だ」ロマーノは端整な顔を苦痛にゆがめ、再びかぶりを振った。「病院で検査してもらったら、子供を産むにはビアンカに手術が必要だとわかった。だが彼女は手術を極端に恐れた。それがこうじて、手術をしようがしまいが自分には子供ができないんだと信じ込んでしまった。その時からだ、彼女が世の中のすべての女性に敵意を持つようになったのは。それが徐々にエスカレートして……実は、これまでにもいろいろとあってね」

ロマーノは一瞬固く目を閉じた。あまりに痛々しい悲惨な表情だった。グレイスは、ひそかにビアンカの言葉を思い出した。〝男たちはみんなわたしに言うわ。きみこそ正真正銘の本物の女だって〟もしかしたら彼女は……。

「ロマーノ、もうこの話はやめ……」ドナートが言いかけると、ロマーノがそれを手で制した。

「いいや、どうしても話しておきたいことがあるんだ。ぼくは、夫婦の間で一番重要なのは信頼関係だと思っている。だがビアンカがこんなことをしでかした以上、夫であるぼくの口から事実を洗いざらい話しておかなければ」ロマーノは深いため息をついた。「彼女が自分には子供ができないと信じ込んだのを境に、事態は一気に悪化した」

「悪化？」グレイスはそっと尋ねた。

「それ以降、ぼくはビアンカを精神科医のもとへ通わせている」ロマーノは落ち着いた口調で言った。「互いによけい気まずくなることを承知のうえで、彼女を説得したんだ。きみが心配だからぜひ医者に診てもらってくれと。干渉するのかと言って、彼女は猛然と怒ったよ。精神科医の見解はこうだ。ビアンカが精神に異常をきたしていることは事実だが、不妊は原因ではなく引き金にすぎないと」

「原因ではない？」ドナートがきいた。

「どうやら遺伝性の精神病らしい。だが彼女は生後間もなく養女に出されたから、今となってははっきりしたことはもうわからない」

「なぜぼくに話してくれなかったんだ」ドナートが悲しげに首を振った。「そんな地獄のような生活を送っていながら、なぜぼくに一言相談してくれなかったんだ。何か助けになってやることだって、できたかもしれない」

「いいや、きみには何もできなかったろう」ロマーノは静かに答えた。「それに、きみ自身も大きな悩みを抱えていた。もちろん、ビアンカがそれに関係しているとぼくが知っていれば、事態は違っていただろう。しかし残念ながら……それに、彼女は誰でもない、ぼくの妻なんだ。死ぬまで離れることはできないんだよ、ドナート」

「ああ、ロマーノ……」グレイスはロマーノの手にそっと自分の手を重ねた。

その数分後、警察の車がやって来た。二人の中年の警官は武骨な顔に精一杯の同情を表し、ロマーノにこう告げた――あなたの奥さんは、ハンドルを切りそこね、急カーブを曲がりきれなかったのです。即死でした。目撃者の話によれば、かなりのスピードを出していたようです……。

さらにもう一人の警官がつけ加えた——ほかにけが人がなかったことが不幸中の幸いです。現場が往来の激しい道であることを考えますと、まさに神のご加護としか思えません。

悲劇だった。恐るべき悲劇だった。

11

「ロレンツォの気分転換にはいいけど、ロマーノのことがちょっと心配だわ」グレイスは大きなダブルベッドの上に横たわったまま、ドナートに話しかけた。シャワーから出たばかりの彼は、たくましい裸体をタオルで拭《ふ》いている。グレイスはロマーノを心配しながらも、気がそぞろになった。

「ロマーノは冷静で誇り高く、芯《しん》の強い男だ。彼ならきっと立ち直る。それには、本人だって、少しの間は一人でいたいだろう。親友がそばにいても、なんの役にも立たない時期がある」ドナートは静かに答え、ベッドのほうへやって来た。

「今がそういう時期だと、あなたは思ってるのね」グレイスはまだ不安だった。「でも、あの大きなお屋敷に彼がたった一人でいると思うと……」

ドナートとグレイスはビアンカの葬儀の数日後、ロレンツォを伴ってここチュニジアへやって来た。ドナートは数週間契約で真っ白な瀟洒《しょうしゃ》な家を借りた。太陽をたっぷり浴びた甘い香りのぶどうの木や、青々とした椰子《やし》の高木、そして花盛りのユーカリ、オレンジ、レモンなどの低木が、その家の庭をにぎやかに飾っていた。

ロレンツォはこの土地での生活が、大いに気に入っている様子だ。母に続き姉までも失ったショックさえ、新しい環境のおかげで少しずつ薄れてきたようだ。近所に同じ年ごろの友人を見つけて戸外で一日中元気に遊び回っている。家に戻ってくるのは、おなかがすいた時と寝る時ぐらいだった。

「心配ない。これでいいんだ」ドナートの口ぶりは確信に満ちていた。「ロマーノのことはよく知っている。彼なら大丈夫だ。ぼくを信じてくれ」

「ええ、もちろんよ。信じるわ」グレイスは手を差し伸べ、ドナートの引きしまった体に触れた。「なんとなく気になっただけ」

「それに、ここへ来たのはロレンツォのためだけではないよ」ドナートはグレイスの手の感触に反応して、体をこわばらせた。「きみにもそれはわかっているだろう、ぼくのおちびさん《ミア・ピッコーラ》。息抜きはきみにだって必要なんだ。過去を忘れて、将来に向けて元気を蓄えておくためにね」

「ええ、それには、ここは絶好の場所だわ」グレイスはうっとりとして言った。興奮が高まるドナートの裸体を見て、彼女は幸福感に包まれた。

輝かしい古代の歴史に彩られた、ここチュニジアでの暮らしは、甘くせつない夢のような毎日だ。二人は生まれ変わった気分で、貴重な感動の一こま一こまを互いに分かち合っていた。

昼間は曲がりくねった細い路地の、喧騒《けんそう》に包まれた市場で買い物をした。手をつないで青い海辺の白砂を裸足《はだし》で散歩した。新鮮な魚料理に舌鼓を打ったあとは、冷たいミントティーでのどを潤した。

夜になると、夢の世界はさらに広がる。ロレンツォは遊び疲れて自室でぐっすり眠り、ドナートとグレイスは二人きりの時間を満喫する。心安らぐ長い抱擁のあと、二人はふと触れた瞬間に、ふと見つめ合った瞬間に、熱い情熱の炎を燃やした。ともに新鮮な未知の世界へと、熱風の中をひたすら突き進んでいった……。

「ぼくの愛を、もう疑わないね？」ドナートが荒々しい息で、熱い体をグレイスに重ねた。「愛している。きみがいとしい。そのきみをあんなに苦しめるなんて、ぼくはどうかしていたんだ」

「いいえ、ドナート」グレイスは彼の唇に指で触れ、彼の暗い瞳を間近で見つめた。「あなたのせいじゃないわ。それに、ビアンカがすべて悪いわけでもないの。あなたの言ったとおり、わたしはパオロの死で自分自身を罰してたのよ。そうするしかないと思い込んでたの。あなたとの幸福な暮らしに、自分がふさわしくないと思ったから。ビアンカはそこにうまくつけこんだのよ」

「ミア・ピッコーラ」彼は苦しげな顔でグレイスに口づけした。息が詰まるほど激しい口づけだった。「今はどんな気分かな」彼は唇を離し、グレイスを見つめた。

「生まれ変わった気分よ」彼女の大きな澄んだ瞳が愛情と欲望にきらめいた。「わたし、また子供を授かりたい。でもパオロのことは決して忘れないわ。あの子はわたしの心臓の鼓動とともに、永遠に生き続けるの。そして新しく生まれる子も、パオロと同じくらい愛情に恵まれるの」

ドナートはゆっくりとうなずいた。そしてグレイスの体を指先でそっとなで、なめらかな素肌に唇をはわせた。その唇はやがて、さらに下へと滑り下りていく。グレイスはあえぎ、彼にしがみついた。気が遠くなってしまいそうだった。

「もう過去の亡霊はいないね?」ドナートはかすれ声でささやいた。「疑いも恐れもないね」

「ええ、ないわ」その瞬間、固くなった胸のつぼみに快感が走った。グレイスは弓なりにのけぞった。苦痛と喜びの入りまじった熱い炎が、体の奥から押し寄せてくる。愛撫《あいぶ》は容赦なく続き、彼女は寸前までのぼりつめた。

「ドナート、ドナート、ああ、お願い……」グレイスは息絶えだえにつぶやいた。ドナートは彼女の腰を両手で自分のほうへ抱き寄せた。二人の欲望が一つに交わり、グレイスは大きく喜びの声をあげた。ドナートの動きはさらに深く激しくなる。二人は震えながら、今この瞬間だけに存在する、まばゆいエクスタシーへと舞い上がっていった。

二人はしばらくの間、じっと抱き合っていた。言葉はいらなかった。言い知れぬ深い満足感が二人を包んでいた。やがてグレイスは、半身を起こしてドナートの顔をながめた。昼間の威厳に満ちた彼とはまるで別人のようだった。グレイスだけが知っている彼の表情だった。

「リリアーナがまだ生きていたら……今ごろあなたはどうしていたかしら」グレイスは言った。貴重な時間を壊したくはなかったが、心の隅にずっと引っかかっていたことだった。

「べつにこだわってるわけじゃないんだけど、どれくらいの間……」

「どれくらいの間、ぼくは耐えられただろう。きみのいない悪夢のような生活に」彼は優しく答えた。「母の死の何週間も前から、すでに我慢の限界に来ていた。おまけに報告書には、ドクター・ペンの名が何度も顔を出すしね」

「ジムの名前が？」グレイスが体を動かそうとすると、ドナートが彼女をしっかりと抱き寄せた。「彼は単なる友人よ。それ以上の関係はなかったわ。信じてくれるでしょう？」グレイスは心配になった。「彼、とても親切だったの。ただそれだけよ」

「わかっている。きみを信じてるよ」ドナートは穏やかだがきっぱりとした口調で言った。「ぼくも心の底で、きみとの結婚が壊れるようなことは決してないと確信していた。が、それでもドクター・ペンが憎かった。素手で打ちのめして、きみを奪い返してやろうと思った。報告書に彼の名前を見つけるたびに敵意が燃えた。おかしいだろう、実際に会ったともない男を相手に」

「ドナートったら！」グレイスが唖然《あぜん》とすると、彼女の顔を見てドナートは苦笑いした。

「ごめんよ、ミア・ピッコーラ。だが、真実を知りたがっているきみに嘘《うそ》はつけないから、思い切って告白したよ。きみのこととなると、ぼくは野蛮人に変身するってことをね。きみばかりはほかの男には絶対に分けてやりたくない」

「いいのよ、気にしないで」グレイスはドナートの胸にすり寄った。「わたしだって、あなたをほかの女性と共有するのは絶対にいや。寄ってくる女性がいたら、爪で顔を引っかいてやるわ」彼女は体を少しひねってドナートの顔を見つめた。「わたし、きみがほしいって、あなたに言われたいわ」情熱に浮かされたように言った。

「ああ、グレイス、美しいイギリスの薔薇《ばら》」ドナートは低くささやいて、グレイスの熱く潤った脚の間を指でなぞった。「きみがほしい。きみが必要だ。心の底からきみを愛している……」

長い長い時間が過ぎた。グレイスがドナートの両腕のぬくもりの中でうつらうつらしていると、どこからともなくリリアーナの声がした。夢とは思えないほどの明瞭《めいりよう》な声だった。

〝グレイス、彼はあなたが思っている以上にあなたを必要としているわ。あなたがこの家に戻ってきた時に、初めて癒《いや》しが始まるのよ。帰ってらっしゃい、グレイス。さあ、帰ってらっしゃい〟

リリアーナ、あなたが何を言おうとしたのか、今はっきりわかったわ。家とは、わたし自身のことだったのね。そしてそこにはドナートがいる……家は、ドナートとともに生きるわたし……。

グレイスは大きな安堵《あんど》感に包まれ、再び浅い眠りへと戻っていった。

●本書は、1998年4月に小社より刊行された作品を文庫化したものです。

悲しみの館

2023年11月1日発行　第1刷

著　者　ヘレン・ブルックス

訳　者　駒月雅子（こまつき　まさこ）

発行人　鈴木幸辰

発行所　株式会社ハーパーコリンズ・ジャパン
東京都千代田区大手町1-5-1
03-6269-2883（営業）
0570-008091（読者サービス係）

印刷・製本　中央精版印刷株式会社

定価はカバーに表示してあります。
 ISBN978-4-596-52728-8

10月27日発売

ハーレクイン・シリーズ 11月5日刊

ハーレクイン・ロマンス

愛の激しさを知る

路地裏で拾われたプリンセス　ロレイン・ホール／中野　恵 訳

捨てられた花嫁の究極の献身　ダニー・コリンズ／久保奈緒実 訳
《純潔のシンデレラ》

一夜の夢が覚めたとき　マヤ・バンクス／庭植奈穂子 訳
《伝説の名作選》

街角のシンデレラ　リン・グレアム／萩原ちさと 訳
《伝説の名作選》

ハーレクイン・イマージュ

ピュアな思いに満たされる

シンデレラの十六年の秘密　ソフィー・ペンブローク／川合りりこ 訳

薔薇色の明日　レベッカ・ウインターズ／有森ジュン 訳
《至福の名作選》

ハーレクイン・マスターピース

世界に愛された作家たち
～永久不滅の銘作コレクション～

目覚めたら恋人同士　ペニー・ジョーダン／雨宮朱里 訳
《特選ペニー・ジョーダン》

ハーレクイン・ヒストリカル・スペシャル

華やかなりし時代へ誘う

侯爵と雨の淑女と秘密の子　ダイアン・ガストン／藤倉詩音 訳

伯爵夫人の出自　ニコラ・コーニック／田中淑子 訳

ハーレクイン・プレゼンツ作家シリーズ別冊

魅惑のテーマが光る極上セレクション

愛は一夜だけ　キム・ローレンス／山本翔子 訳